무정철협

월인 新무협 판타지 소설

FANTASTIC ORIENTAL HEROES

무정철협 7

월인 新무협 판타지 소설

초판 1쇄 찍은 날 § 2013년 6월 11일
초판 1쇄 펴낸 날 § 2013년 6월 17일

지은이 § 월인
펴낸이 § 서경석

편집부장 § 권태완
편집책임 § 박은정
편집 § 어정원

펴낸곳 § 도서출판 청어람
등록번호 § 제1081-1-89호
등록일자 § 1999. 5. 31
어람번호 § 제2-2348호

주소 § 경기도 부천시 원미구 심곡2동 163-2 서경B/D 3F (우) 420-822
전화 § 032-656-4452 팩스 § 032-656-4453
http://www.chungeoram.com
E-mail § chungeorambook@daum.net

ⓒ 월인, 2013

ISBN 978-89-251-3320-1 04810
ISBN 978-89-251-3131-3 (세트)

무정철협

월인 新무협 판타지 소설

FANTASTIC ORIENTAL HEROES

7

발호(跋扈)

도서출판 청어람

目次

第七十六章

（호흡呼吸）

"누가… 이길까요?"

아무리 혹독한 훈련을 시켜도 한 달은 더 반가울 것이라고 했던 소녀가 손끝을 떨며 물었다.

무공은 비록 삼류를 겨우 넘어선 수준이었지만 초동우와 장설도가 얼마나 위험한 인간들인지는 느낄 수 있었다.

유한성이 없는 상태에서 저들이 뛰어든다면 타격대는 순식간에 전열이 무너지며 몰살을 당할 것이다.

양떼들이 아무리 견고하게 진을 치고 있어도 호랑이 한 마리가 가운데로 뛰어들어 설치면 순식간에 진형이 무너지고 뿔뿔이 흩어져 각개격파 당하는 것은 시간문제다.

그녀는 무엇보다 그것이 두려웠다.

"대주님이… 이길 거야."

열흘은 더 반가울 것이라 말했던 옆에 있던 소녀가 애써 침착한 목소리로 답했다.

유한성의 무위가 어떤지는 잘 알지만 상대는 절정고수 두 명이다. 여차하면 두 사람이 합공을 할 수도 있고, 한 사람을 상대하느라 내력이 많이 소모된 상태에서 다시 한 사람이 공격하면 어떻게 될지 알 수가 없다.

"떨지 말고 아랫배에 힘을 줘! 모두 한 번밖에 안 죽어."

지나가던 송자영이 두 소녀에게 고함을 질렀다.

그녀는 유한성의 지시에 따라 밤새 긴장을 늦추지 않고 뜬 눈으로 지새워 눈이 충혈되어 있었다. 그러나 하수린을 구하는 과정에서 오필만 등과 함께 죽음의 전투를 치렀기에 조금도 떨리는 모습은 보이지 않았다.

"알았어요, 언니!"

두 소녀가 목소리를 높이며 아랫배에 힘을 주었다.

그 순간,

파앗―

초동우의 가슴 앞에서 착각인 듯 광채가 일었다.

섬전 같은 쾌검술이 펼쳐진 것이다.

아무런 낌새도 없었고, 그 어떤 전조도 보이지 않았다. 그냥 갑자기 일어난 바람처럼 검이 허공을 선회한 것이다.

하나 그 검은 애꿎은 공간만 갈랐다.

'이런!'

초동우가 신음을 삼켰다. 그리고는 집어삼킬 듯이 유한성을 쳐다보았다.

유한성이 검첨에서 딱 한 치 뒤로 상체를 젖혀 초동우의 검을 피한 때문이었다.

크게 한 걸음 물러났다면 차라리 감탄스러울 것이다.

그런데 한 뼘도 아닌, 딱 한 치!

그건 오히려 모욕이었다.

대체 어떻게 그것이 가능할까?

궁금증을 풀겠다는 듯 초동우의 검이 다시 광채를 뿌렸다.

스팟!

어깨의 흔들림은 물론, 눈빛마저 변하지 않은 상태에서 뿌려지는 쾌검이었다.

그러나 여전히 검은 허공을 갈랐다.

이번에도 유한성은 딱 한 치 차이로 상체를 옆으로 흔들어 피했다.

초동우의 눈이 번쩍! 하고 빛을 토했다.

아까는 놓쳤지만 지금은 분명히 보았다.

자신이 검을 뿌리기 직전에 유한성의 신형이 미세한 차이를 두고 먼저 움직여 피했다.

그래, 그래야 했다.

그러지 않고는 절대로 이렇게 피할 수 없다.

아무리 반사 신경이 뛰어나다 해도 공격과 방어는 차이가 있다.

공격은 자신의 의지에 따라 능동적으로 하지만 수비는 공격이 있은 후에 수동적으로 이루어질 수밖에 없다. 그 미세한 차이 때문에 고수들끼리는 아무리 빠른 수비를 펼친다 해도 쾌검수가 유리한 것이다.

하지만 놈은 자신의 검이 뻗어 나가기 촌각 직전에 먼저 몸을 움직여 딱 한 치 차이로 피했다. 그러기에 절대로 자신의 쾌검이 녹슨 것이 아니다.

자신의 쾌검술이 잘못된 것이 아니라는 실망감에서는 해방되었는데 대체 어떻게 한발 빨리 움직일 수 있단 말인가? 라는 더 큰 혼란이 엄습했다.

공격하는 순간 어깨도 움직이지 않았고 눈동자도 흔들리지 않았다. 심지어는 눈빛조차 변하지 않았다.

그건 쾌검을 익히면서 같이 완성한 것이다.

그런데 어떻게?

대체 어디에서 파탄이 드러났다는 말인가?

파앗―

초동우의 검이 다시 허공을 갈랐다.

마찬가지였다.

딱 한 치가 모자랐다. 아니, 한발 앞서 유한성이 딱 한 치 뒤로 몸을 피했다.

"어떻게?"

초동우는 마침내 뇌리 속 가득한 의문을 입 밖으로 토해냈다.

"그건 스스로 밝혀야지."

유한성이 차갑게 웃으며 답했다.

초동우는 뚫어져라 유한성을 쳐다보았다.

만년거암처럼 버티고 선 그의 모습에서는 그 어떤 것도 알아낼 수 없었다.

다시 부딪쳐서 알아낼 수밖에 없었다.

'헉!'

초동우는 속으로 단말마를 토했다.

스스로 밝히기 위해 쾌검술을 펼치려는 찰나, 유한성의 검이 이번에는 딱 한 발 앞서 목을 향해 날아들었기 때문이다.

숨이 컥 막히며 기혈이 역류했다.

"컥!"

비명과 함께 초동우의 얼굴이 노래졌다.

막힌 숨을 토하려는 찰나 유한성의 검첨이 목젖을 향해 다시 찔러 들었기 때문이었다.

끌어올렸던 진기가 역류하며 혈맥 몇 곳이 터질 듯 난리를 쳤다.

초동우는 미친 듯이 뒤로 물러나 복날 개처럼 헐떡거렸다.

단순히 숨 몇 번 못 쉰 것과 진기를 끌어올린 상태에서 호흡을 뺏긴 것은 완전히 다르다.

무공수준에 따라 숨을 멈추고 일각이 넘게 견디는 사람도 있다. 하지만 호흡으로 내력을 끌어올리고 진기를 발출하려는 찰나, 그것이 턱 막히게 되면 숨을 못 쉬는 정도가 아니라 그 호흡에 이끌린 진기가 역류하여 온통 자신의 내부를 두드린다.

"허억! 헉!"

초동우는 자신의 내부를 진탕시킨 호흡을 고르기 위해 거친 숨을 연방 몰아쉬었다.

"와아!"

"와!"

단 몇 번의 격돌에 초동우가 속절없이 뒤로 물러나는 것을 본 타격대 청년들이 함성을 질렀다.

"역시 대주님이야."

"내가 이긴다고 했지?"

소녀들도 긴장했던 표정을 단번에 풀며 고함을 질렀다.

"어떻게?"

초동우가 다시 물었다.

"그것도 스스로 밝혀야지."

대답과 함께 유한성이 검을 휘두르며 초동우에게로 쇄도해 들었다.

까앙!

깡!

이 갑자가 넘는 내력이 스며든 유한성의 검이 초동우의 검을 두드렸다.

초동우가 다시 뒤로 밀렸다.

손목을 통해 밀려드는 충격파가 심장까지 얼얼하게 했다. 이대로 몇 번 더 마주치면 속절없이 검을 놓칠 것 같았다.

초동우가 기합성과 함께 반격을 가했다.

아니, 가하려 했다.

그러나 하앗! 하고 기합성을 토하려는 바로 그 순간, 내려쳐오던 유한성의 검이 목젖을 향해 찔러 들었다.

큰 기합성에 실리려던 내력이 고스란히 역류하며 기혈을 두드렸다.

쉬이익—

유한성의 검이 이번에는 심장을 파고들었다.

초동우는 다시 호흡이 컥 막히며 얼굴이 벌겋게 물들었다.

휙—

쉬익—

초동우를 향해 무차별적으로 검이 날아들었다. 그리고 그 검의 끝은 정확히 초동우의 호흡을 막고 있었다.

초동우는 숫제 얼굴이 시커멓게 변하며 검을 쳐올렸다.

'수, 숨을 쉬어야······.'

시커멓게 죽은 초동우의 표정이 그렇게 말하고 있었다.

숨을 쉬어야 진기를 끌어올리고 제대로 싸울 수가 있을 터인데 숨을 쉬기 일보 직전에 아예 원천봉쇄를 당하고 있었다.

파아앗—

발끝에 힘을 준 초동우는 아예 등을 돌리고 뒤로 물러났다.

"커어억! 콜록! 콜록!"

참혼대 사이로 스며든 초동우는 단말마와 함께 목구멍 아래에 콱 막힌 숨을 토해냈다.

기어코 혈맥 몇 곳이 파열되었는지 선혈 한 모금도 같이 토해졌다.

"와아!"

"와아아!"

"우리 대주님 최고다."

타격대 청년들 사이에서 우레와 같은 함성이 터져 나왔다.

"대체 어찌 된 일이오?"

참혼대주 장설도가 눈살을 찌푸리며 물었다.

제대로 싸워보지도 못한 채 게거품을 게워내고 있는 초동우의 몰골이 어이가 없었다.

자신의 부하들을 가차없이 베어 버리고 자신의 목덜미에 한 발 먼저 검첨을 찔러 넣는 솜씨는 절정의 수준이었다. 그런데 여기서는 제대로 승기 한 번 잡아보지 못하고 쫓겨 와서는 시커멓게 죽은 얼굴로 침을 질질 흘리고 있는 모습은 도저히 납득이 가지 않았다.

"허억! 헉! 뭔가… 이해가 안 되는 놈이오."

초동우는 아직까지 숨을 헐떡거리며 고개를 저었다.

"무슨 소리요?"

장설도가 물었다.

"내 호흡을 낱낱이 읽고 있소."

"그게 말이 되오?"

장설도가 다시 눈살을 찌푸렸다.

삼류 정도라면 그게 가능하겠지만 초동우는 절정을 넘어선 고수다. 그런데 누군가에게 호흡을 낱낱이 익힌다는 것은 말이 안 된다.

한 번 쯤은 실수로 호흡이 노출된다고 해도 낱낱이 읽히다니?

"대체 저건 뭐냐?"

겨우 숨을 고른 초동우가 얼이 빠진 얼굴로 유한성을 쳐다보았다.

유한성은 여전히 한 자루 보검처럼 서 있었다.

그런 모습에 참혼대원들의 옷이 펄럭거렸다.

명령만 내리면 한꺼번에 유한성에게 달려들 기세였다.

"섣불리 나섰다간 개죽음을 당할 뿐이야."

참혼대원들의 마음을 읽은 초동우가 차갑게 말했다.

호흡을 낱낱이 읽히는 것도 문제지만 그에 못지않게 위험한 것은 무지막지한 내력이다.

검을 마주쳤을 때 손목을 타고 흘러드는 충격파는 만 근 바위와 마주친 듯했다.

그런 자가 제대로 검을 뿌린다면 단번에 대여섯은 베어 버릴 것이다. 그렇게 몇 번 더 검을 휘두르면 참혼대는 전멸이다.

이길 수 있는 유일한 방법은 자신과 참혼대주 장설도가 저놈을 죽여야 한다.

그것이 안 되면 얼마 지나지 않아 몰살이다.

무림에서는 절정고수 한 사람의 존재가 그만큼 절대적인 것이다.

초동우는 다시 유한성을 쳐다보았다.

"언제까지 기다려야 하오?"

유한성이 흐릿하게 웃으며 말했다.

그 웃는 눈이 개구리를 바라보는 뱀의 그것 같았다.

초동우는 등줄기로 얼음물이 흘러내리는 느낌을 받았다.

"살다 살다 이런 경우는 처음이군."

초동우는 머리를 세차게 흔들며 중얼거렸다.

방심하다가 숨이 막혀 고생을 했지만 이젠 다를 것이다.

고수들 중에는 특수한 수련을 하여 상대의 호흡을 읽고 선기를 잡는 경우가 있다고 들었다. 하지만 그들도 처음부터 호흡을 감추고 쇄도하는 상대에게는 속수무책이다.

초동우는 호흡을 감추었다. 그리고는 바람처럼 유한성에게로 짓쳐 들었다.

스팟—

초동우의 검이 유한성의 목을 향해 날아들었다.

유한성이 여전히 한 치 차이로 초동우의 검을 피한 후 그의 단전으로 검을 쑤셔 넣었다.

초동우의 눈이 찢어질듯 커졌다.

아랫배 깊이 감춘 내력을 터뜨리려는 순간, 찔러 들어오는 검은 그 내력마저 갈라오고 있었다.

제대로 터뜨리지 못한 내력이 혈맥 속으로 제멋대로 흩어졌다. 그리고 그 결과는 심각한 파탄으로 드러났다.

까앙—

필사적으로 내려친 초동우의 검이 복부로 찔러드는 유한성의 검을 막았다.

쉬이익—

유한성의 검이 다시 날아들었다.

이번에는 초동우의 심장을 가를 듯 베고 들었다.

초동우는 급히 상체를 틀며 검을 쳐 냈다.

쨍—

초동우의 검이 허공으로 튀어 올랐다.

진기를 제대로 운용하지 못해 검에 실린 내력 역시 제대로 뿌려지지 못한 탓이었다.

"차앗!"

참혼대주 장설도가 고함과 함께 쇄도해 들었다.

다시 부딪쳤지만 초동우는 승기를 잡지 못했다. 그건 계속 되어도 마찬가지일 것 같았다.

챙─

초동우의 검을 쳐 내고 목을 노리던 유한성의 검이 신속히 궤적을 바꾸어 허리를 향해 날아드는 장설도의 검을 막았다.

"한꺼번에 쓸어버려라!"

장설도가 초동우와 합세해 유한성에게로 달려들자 참혼대 부대주 강마한(姜瘋悍)이 고함을 질렀다.

이젠 더 이상 재미를 논하며 일대일의 싸움은 의미가 없다. 최대한 빨리 쓸어버리고 돌아가야 한다.

"와아!"

"와!"

고함과 함께 장현방에서 온 무리들이 정가장의 담을 넘어 들었다. 그러나 그들 속에 섞인 오십여 명의 참혼대는 일절 입을 열지 않고 몸을 날렸다.

[머리에 두건을 쓴 놈들이오. 그들을 집중적으로 막으시 오.]

초동우와 장설도의 검을 한꺼번에 쳐 낸 유한성은 용태진 을 향해 전음을 날렸다.

그들은 장현방에서 온 무리 속에 섞여 있었지만 그 무리와는 차원이 다른 기운을 몸속에 간직한 놈들이었다. 그러나 용태진 등과 타격대들 중 제일 나은 실력을 지닌 사람들이 막아 주면 싸움은 해볼 만하다.

휘익—

유한성의 지시를 받은 용태진이 전음과 함께 수신호를 내리며 참혼대원들을 향해 뛰어나갔다.

"이젠 내 차례다!"

장설도가 달려든 순간 숨이 트이며 내력을 끌어올린 초동우가 검을 휘둘렀다.

숨이 트인 그는 복수라도 하려는 듯 유한성을 향해 쇄도해 들었다. 그와 함께 장설도 역시 빈틈을 노리며 검을 찔러 넣었다.

"고맙군!"

유한성은 차가운 목소리와 함께 검을 그어 올렸다.

이들 중 한 사람이라도 내당으로 뛰어들면 내당은 쑥대밭이 된다. 그럼 그곳에 신경이 쓰여 제대로 싸울 수가 없을 터인데 같이 달려드니 오히려 편했다.

까앙!

깡!

두 사람의 검이 동시에 튀어 올랐다.

막강한 내력이 실린 유한성의 검에 속절없이 튕겨난 것이다.

'어디서 이런 괴물 같은 놈이!'

장설도의 눈에 공포감이 어렸다.

초동우와 함께 동시에 내려쳤지만 튕겨난 것은 오히려 자신들의 검이었다.

그러나 그게 다가 아니었다.

슈아악―

튕겨 오른 검을 다시 내려치려는 순간, 유한성의 검에서 새하얀 검기 한가닥이 장설도의 목젖으로 날아들었다.

'컥!'

숨이 턱 막힌 장설도가 단말마를 삼켰다.

사색이 된 그가 겨우 검기를 피해내며 다시 내력을 끌어올리려는 찰나, 유한성의 검에서 쏟아진 검기가 다시 단전을 쑤셔 들었다.

장설도는 내력을 단속할 틈도 없이 세차게 상체를 뒤틀었다.

'크으으―'

장설도의 입에서 침이 흘러내렸다.

단속하지 못한 내력이 전신 혈맥으로 터져 나가며 내부를 진탕시켰기 때문이다.

"어림없다!"

초동우가 고함을 지르며 태산압정의 수법으로 유한성의 머리위에서 검을 쳐 내렸다.

그의 검에서도 시퍼런 검기 한줄기가 유한성의 머리를 쪼갤 듯 떨어져 내렸다.

장설도의 호흡을 한 번 더 끊으려던 유한성이 검을 빠르게 흔들었다.

파앙—

기파가 터져 나가는 소리와 함께 초동우의 검에서 쏟아진 검기가 모조리 흩어졌다.

"커흐윽!"

초동우의 개입과 함께 장설도는 비로소 막혔던 숨을 내쉬며 헐떡거렸다.

장설도는 초동우가 쥐약 먹은 개처럼 왜 그렇게 침을 질질 흘렸는지 이제야 알 것 같았다.

초동우가 달려들지 않았다면 검에 베이기도 전에 심맥이 먼저 끊어져 쓰러졌을 것이다.

"정신 차리시오!"

초동우의 고함에 장설도는 얼른 고개를 들었다.

파츠츠츠—

유한성의 검에서 새하얀 검기가 피어올랐다. 그리고는 두 사람을 향해 한꺼번에 몰아쳐 왔다.

호흡을 끊는 검기에 이어 이젠 흡사 그물이 덮치는 것 같은 검기였다.

초동우와 장설도는 공포에 질린 표정과 함께 필사적으로

검을 그어 올렸다.

'헉! 헉! 모두 일류를 넘어선 고수들이야.'

송자영은 온통 땀에 젖은 얼굴로 검을 쳐 내기에 바빴다.

머리에 두건을 맨 놈들을 우선적으로 막으라는 지시와 함께 그들을 향해 장창을 휘둘러 나갔지만 장창은 철벽에 마주친 듯 튕겨 나기만 했다.

그 철벽같은 검세 속에서 아직 살아남아 있는 것은 종횡무진으로 검을 휘두르는 열 명의 청년 때문이었다.

그들은 오히려 두건을 맨 놈들보다 더 강한 것 같았다.

하지만 그들 한 사람이 두건을 맨 놈들 두셋을 한꺼번에 상대해야 하는 것이 문제였다.

그들이 누군지 깊이 생각할 겨를도 없이 두건을 쓴 자의 검이 목을 향해 날아들었다.

쨍—

송자영은 이를 악물고 검을 쳐 냈다.

팔이 얼얼하며 심장까지 두근거렸다. 놈의 진기가 장창을 통해 심장까지 스며든 때문이었다.

"왼쪽!"

성권일의 다급한 고함 소리가 들렸다.

송자영은 활처럼 상체를 뒤로 젖히며 장창을 찔러 넣었다.

푸욱—

섬뜩한 감촉이 창대를 통해 느껴졌다.

복부를 관통당한 사내 하나가 새우처럼 허리를 굽혔다. 그러면서 그는 송자영의 창대를 악착같이 잡았다.

'망할!'

송자영이 다급한 신음을 삼켰다.

장창이 빠지지 않는 틈을 타 검 한 자루가 날아들었다.

장창을 놓은 송자영이 신속히 보법을 펼쳤다. 그러나 두건을 쓴 사내의 검은 뱀의 혓바닥처럼 집요하게 달려들어 어깨를 할퀴었다.

파앗—

불에 지진 듯한 통증과 함께 선혈이 튀었다.

계속해서 사내의 검은 여전히 집요하게 목덜미를 노리고 날아들었다.

"피하시오!"

누군가 고함을 지르며 검을 휘둘렀다.

텅!

검과 검이 부딪쳤는데 이상한 소리가 났다.

헝겊으로 둘둘 말아든 물건이 검이라고 생각했는데 잘려진 헝겊 속에는 검은색 대나무가 들어 있었다.

그것은 흑죽(黑竹)으로 만든 타구봉이었다.

'개방?'

송자영은 혼란 가득한 눈으로 사내를 쳐다보았다.

사내의 보법과 타구봉술은 개방의 무공이 분명했다.

'개방이 왜?'

송자영의 뇌리에 의구심이 가득 찼다.

"피하라니까!"

개방의 사내가 다시 고함을 질렀다.

송자영은 빠르게 뒤로 물러나며 어깨를 지혈했다.

어느새 개방의 사내도 두 사람의 두건 사내와 접전을 벌이고 있었다.

'대주는?'

짧은 여유를 찾은 송자영은 고개를 돌렸다.

그녀의 눈에 유한성의 검에서 뿜어져 나오는 지옥의 검기가 가득 들어왔다.

第七十七章

폭혈마공(暴血魔功)

"마라겸기!"

미친 듯이 검을 휘둘러 가까스로 검기의 그물을 빠져나온 참혼대주 장설도가 비명처럼 외쳤다.

처음에는 몰랐는데 그물처럼 사방을 덮쳐오는 두 번째의 검기를 본 순간 그 검기의 정체를 알아차린 것이다.

강호에서 저런 지독한 검기는 한 가지밖에 없다.

장설도는 넋이 나간 듯 유한성을 쳐다보았다.

어느새 그의 상의는 넝마처럼 너절해져 있었고 그사이로 핏물이 흘러내렸다. 그중 한 개는 뼈가 드러나 보이는 심한 상처였다.

"청해마검!"

검마룡 초동우도 비명처럼 외쳤다.

장설도와는 달리 그는 가볍게 몇 군데 베였을 뿐, 큰 상처는 입지 않았다. 하지만 심적 충격이 컸는지 찢어질 듯 부릅뜬 눈으로 유한성을 쳐다보았다.

유한성은 긍정도 부정도 않고 우뚝 서 있었다.

지독한 검기에 주변의 싸움은 자연히 멈춰졌다.

"어떻게 네놈이?"

초동우가 갈라진 목소리를 토했다.

"애써 배웠으니 이젠 써먹을 뿐이지."

유한성은 비로소 자신의 정체를 밝혔다.

더 이상 마라검기를 숨길 수 있는 상황도 아니었고 초동우와 장설도를 한꺼번에 상대하려면 더욱 강력하고 지옥 같은 초식을 뿌려야 할 터였다.

"정말, 정말 네놈이 청해마검의 제자냐?"

초동우가 다시 확인했다.

"네놈들 따위의 입에 함부로 오르내릴 별호가 아니다."

유한성은 차갑게 대꾸하며 검을 비스듬히 내렸다.

그의 전신에서 청해마검 한조산의 냉혹하면서도 패도적인 기세가 고스란히 투영되었다.

'청해마검?'

유한성의 대답을 들은 유병학이 눈을 부릅떴다.

그동안 누구보다 가까이 지내면서도 알아차리지 못한 유한성의 정체를 지금 알게 된 것이다.

어이가 없을 상황이었지만 청해마검이란 엄청난 무게감에 머릿속이 하얗게 마비되었다.

"청해마검이 누구야?"

나이 어린 소녀 하나가 가쁜 숨을 몰아쉬며 물었다.

그녀의 얼굴에 가득 차 있던 공포감이 서서히 물러나고 있었다.

저들의 경악에 찬 목소리로 미루어 자신들이 살아날 가능성이 높아진 것 같았다.

"누구냐니까?"

소녀는 다시 물었다.

그러나 대답은 돌아오지 않았다. 그녀와 비슷한 또래들에게 청해마검은 딴 시대의 무인이었다. 설사 누군가 아는 사람이 있다고 해도 지금은 설명해 줄 상황이 아니었다.

"빌어먹을! 모두, 모두 한꺼번에 덤벼라!"

뼈가 드러난 어깨의 상처를 겨우 지혈한 장설도가 참혼대를 향해 고함을 질렀다.

장설도의 명령을 받은 참혼대가 즉시 방향을 바꾸어 모조리 유한성이 있는 쪽으로 달려왔다.

'거듭 고맙게 구는군!'

비웃음을 속으로 흘린 유한성이 검을 휘둘렀다.

놈들이 흩어져서 타격대를 베어넘긴다면 신경이 쓰여 제
대로 싸우지 못할 텐데 모두 자신에게로 달려들고 있었다.

츄아악—

유한성의 검에서 지옥의 그물이 터져 나갔다.

마라십이검의 제칠초식 천검포월(天劍抱月)이었다.

그 악마적인 검기가 달려들던 참혼대 대원들을 향해 폭발
을 일으켰다.

쇄도해 오던 참혼대 대원들이 기겁을 하며 뒤로 물러섰다.
그러나 제일 앞쪽의 사내들 세 명은 처참한 몰골이 되어 나뒹
굴었다.

파아앙!

면면부절 흐르는 유한성의 검에서 다시 서릿발 같은 검기
가 터져 나왔다.

"하앗!"

장설도가 목이 터질 듯 고함을 지르며 검을 휘둘렀다.

초동우도 단전에 있는 진기를 모두 끌어올리며 마라십이
검의 검기에 대응해 나갔다.

파파파파파팡—

세 개의 검기가 마주친 곳에서 대기를 찢어발기는 듯한 폭
음이 터졌고 빛무리가 사방으로 흩어졌다.

"크윽!"

"윽!"

답답한 비명과 함께 두 사람이 동시에 뒤로 튕겨 났다.

장설도의 전신에서 더욱 많은 피가 흐르고 있었다. 그는 이제 전투력을 거의 상실한 채 망연한 표정이 되었다.

초동우 역시 이번에는 검기를 다 자르지 못하고 상체 곳곳에서 선혈이 흘렀다.

'이 정도였던가?'

초동우는 속으로 신음성을 삼켰다.

청해마검에 대해서는 익히 들어보았다. 그러나 이 정도라는 생각은 해본 적이 없었다.

지옥의 검기라는 말이 과언이 아니었다.

또한 치명적인 검기에 실린 내력은 상상을 초월했다.

혼신의 내력을 다 끌어올려 자르려 했지만 마라검기는 어느새 전신을 할퀴고 지나갔다.

초동우는 질린 눈으로 유한성을 쳐다보았다.

유한성은 여전히 처음의 그 자세로 서 있었다.

비스듬히 내린 검첨에서 대기가 일렁거렸고 그 대기에 휘말린 흙먼지가 어지럽게 피어올랐다가 흩어졌다.

그것이 다시 뿌려지면 심장이 두 쪽 나거나 온몸이 걸레쪽으로 변할 것 같았다.

"계속해서 몰아쳐라!"

참혼대 부대주 강마한이 발작적으로 고함을 치며 부하들을 채근했다.

대주 장설도와 검마룡 초동우가 합공을 해도 상대가 안 되는 이상 부하들과 함께 모조리 덤벼야 했다.

휘익—

쉬이익—

참혼대원들 다섯이 한꺼번에 유한성에게로 날아들었다. 그 뒤로 다른 대원들도 몸을 솟구쳤다.

유한성이 비스듬히 내렸던 검을 무겁게 그어 올렸다.

츄아아악—

그물 같은 검기가 날아드는 참혼대를 향해 한꺼번에 쏟아졌다.

그 순간 검마룡 초동우도 유한성을 향해 시퍼런 검기를 날렸다.

유한성의 상체가 딱 한 치 차이로 초동우의 검기를 피하며 다섯 사내를 향하던 검첨을 빠르게 흔들었다.

파파파파파팡—

그물 같은 검기가 가닥가닥 끊어지며 그 가닥이 수백 개의 못이 되어 다섯 사내를 향해 쏟아졌다.

제오초식 벽뢰천운에 이은 제육초식 천라폭정이었다.

"크아악!"

"아아악!"

"아악!"

온 내력을 끌어올려 그물을 자르려던 다섯 사내가 갑자기 터지며 못이 되어 날아오는 검기에 대처하지 못하고 처절한 비명과 함께 바닥을 굴렀다.

우우웅—

지옥의 그물을 펼쳐낸 유한성의 검첨이 여전히 비스듬히 땅을 향한 채 흙먼지를 날리고 있었다.

"한꺼번에 몰아쳐!"

부단주 강마한이 다시 고함을 질렀다.

동시에 다른 대원들도 바람처럼 몸을 날렸다.

"불나방들……."

유한성이 낮게 조소했다.

이제 말투마저 사부 한조산을 닮아가고 있었다.

쉬이이익—

지옥의 검기가 사방으로 퍼져 나가며 참혼대원들을 사정없이 찢어발겼다.

허공에서 육편이 된 참혼대원들이 바닥으로 떨어져 내렸다.

'청해마검의 전인?'

개방의 흑수개(黑手丐)는 입을 다물지 못한 채 멍하니 살육의 현장을 쳐다보았다.

무림맹 비영각주이자 개방의 장로인 초영신개로부터 이곳 정호회 타격대에 대해 은밀히 알아보고 도울 일이 있으면 음으로 양으로 도와주라는 명령을 받고 며칠 전에 이곳에 스며들었다.

아직은 오합지졸이었다.

혈기 왕성한 청년들이 뜻을 품고 모여들었지만 체계도 잡히지 않았고 서로 장난치며 놀기에 바빴다.

그러면서도 그들은 대주가 오면 완전히 달라질 것이라는 강한 기대를 품고 있었다.

그가 누굴까 무척 궁금했는데 청해마검의 제자일 줄이야!

'그런데 청해마검이 저 정도였던가?'

흑수개는 아직도 입을 벌린 채 유한성의 검에서 쏟아지는 악마의 그물을 응시했다.

저 정도의 검기를 연속해서 뿌리려면 엄청난 내력이 필요하다.

하지만 저 청년은 단전에 마르지 않는 샘이라도 지녔는데 계속해서 지독한 검기를 뿌리고 있다.

그 검기에 휘말린 참혼대원들이 불나방처럼 바닥으로 떨어져 내렸다.

이제 참혼대원들이 반도 남지 않았다.

흑수개는 잠시 움직임을 멈추고 전면으로 시선을 고정했다.

[우리도 전력을 다해 동시에 쳐야겠소!]

바닥에 널브러진 부하들의 시체를 보며 참혼대주 장설도가 초동우에게 전음을 날린 후 유한성을 향해 달려들었다. 참혼대 부하들이 달려드는 틈을 이용해 내력을 회복한 초동우도 장설도와 거의 한 몸이 되어 쇄도해 들었다.

혼자서는 도저히 상대가 안 되는 상황에서 한 몸처럼 합공을 하는 수법이었다.

두 사람의 검에서 시퍼런 불길이 한곳을 향해 쏟아졌다.

유한성이 차가운 눈으로 두 사람의 검기를 쏘아보았다.

어느 순간, 유한성의 검이 검기의 다발 속으로 쾌속하게 찔러들었다.

두 개의 기운이 상충되어 오히려 파탄이 생긴 곳이었다.

그것은 가주 유세천과 비무에서 뭉친 기운을 잘라가던 것과 같은 수법이었다.

콰아앙—

두 개의 기운이 터져 나가며 유한성의 검에서 쏟아진 기운이 두 사람의 전신을 감쌌다. 그리고 허공에서 피보라가 난무했다.

쿵!

피를 너무 많이 흘려 더 이상 견디지 못한 장설도가 바닥으로 무너졌다. 그는 가만히 두면 일각 이내에 목숨이 끊어질 것 같았다.

"젠장!"

초동우 역시 혈인을 방불케 하는 모습으로 비틀거렸다.

사력을 다해 검을 휘둘렀지만 역부족이었다. 전신에 새겨진 검상이 단적으로 그걸 나타내주고 있었다.

"대주!"

참혼대 부하들이 초동우와 장설도를 향해 달려왔다.

"어딜!"

어느새 달려온 용태진과 천이성 등이 그들의 앞을 가로막았다. 그러고는 그들을 몰아쳐 갔다.

쨍!

쨍강!

달려오던 참혼대원들이 뒤로 밀렸다. 하지만 뒤쪽이라고 해서 물러날 곳도 없었다. 처음에는 음험한 기세에 접근할 생각조차 못했던 정호회 타격대원들이 그들을 포위하며 조여들고 있었기 때문이다.

'이놈이라면 조금 깊이 알 수 있을까?'

용태진 등으로 인해 참혼대의 방해를 받지 않고 초동우와 마주선 유한성은 가라앉은 시선으로 초동우를 쳐다보았다.

그동안 마주친 놈들 중에서 가장 강한 놈이었다. 아마도 수뇌부가 보낸 것 같았다. 그런 놈이라면 그들 조직에 대해서 좀 더 깊이 알 수 있을 것 같았다.

유한성은 초동우를 사로잡아 놈들에 대한 정보를 캐낼 작정을 했다. 더 나아가 아버지를 죽인 흉수에 대해서도…….

우우웅—

무거운 진동음과 함께 적운검의 검인이 새하얗게 빛났다.

"재미있군. 이런 곳에서 너 같은 놈을 만나다니."

초동우가 이를 드러내며 웃었다.

언뜻 자포자기한 듯한 웃음이었지만 그 속에서 엿보이는 투지는 조금도 줄어들지 않았다. 아니, 지금까지보다 몇 배는 더 강렬한, 비정상적인 투지가 내포되어 있었다.

"지금부터 정말 제대로 놀아보자고!"

초동우가 지팡이처럼 땅을 짚고 있던 검을 들어올렸다.

그의 전신에서 흡사 불꽃이 일렁이는 듯한 착각이 들었다.

유한성은 눈살을 찌푸렸다.

초동우의 내부로 급격히 번져가는 붉은 기운들!

그것은 정상적인 호흡의 흐름이 아니었다.

처음 살막의 은영각 고수들을 마주쳤을 때 그들의 호흡은 검은 연기를 마시고 그것을 그대로 토해내는 것 같았다. 그것과 비슷하게 지금 초동우는 불을 마시고 불을 뿜어내는 것 같았다.

"그런 식으로 무리해서는 제대로 놀지 못할 것 같은데."

유한성이 나직하게 말했다.

"네 걱정이나 하지."

말과 동시에 초동우의 신형이 쭈욱 늘어났다. 동시에 그의 검이 빛살이 되어 유한성의 정수리로 떨어져 내렸다.

비정상적인 빠르기와 비정상적인 힘이 실린 검격이었다.

쉬이익—

유한성의 검도 한줄기 빛살이 되어 마주쳐 갔다.

콰앙—

폭음이 터지며 거친 기파가 사방으로 퍼져 나갔다. 그 기파를 따라 흙먼지도 터져 올랐다.

"네놈만은 기필코 죽인다."

초동우가 우레와 같은 고함을 지르며 다시 검을 휘둘렀다. 그의 검에서 시뻘건 불길이 일었다.

차아앙—

유한성의 검에서도 새하얀 검기가 뻗어 나갔다.

쉬이잉—

불길을 자른 마라검기가 초동우의 팔을 향해 쏟아졌다.

파앗—

선혈이 솟구치며 검을 든 초동우의 팔이 잘려 나갔다.

파팍—

유한성의 검이 다시 초동우의 가슴 대혈을 찍어갔다. 점혈을 하여 사로잡을 생각이었다.

"개수작!"

초동우도 발작적으로 고함을 치며 상체를 틀었다.

비록 검을 든 팔이 잘려 더 이상 검을 휘두를 수는 없었지만 그의 움직임은 여전히 비정상적으로 빨랐다.

번쩍!

상체를 비튼 짧은 순간 그의 눈에서 인세의 그것이 아닌 듯한 안광이 발출되었다.

다가가던 유한성이 우뚝 걸음을 멈추었다.

초동우의 단전에서 일어나는 기이한 변화를 읽은 때문이었다.

초동우의 단전에 모여 있던 기운들이 비정상적으로 팽창했다.

그건 내력은 물론, 생명을 영위하는 진원진기까지 모조리 단전에 끌어모으고 있기 때문이었다.

그것을 한꺼번에 터뜨리면 위력은 몇 배가 되겠지만 시전자는 전신 내력이 고갈되어 죽고 만다.

'마공?'

유한성은 눈살을 찌푸렸다.

마공 중에는 저런 식으로 진원진기를 모두 격발시키고 자신의 몸까지 터뜨리는 역천의 수법이 있다고 들었다.

"모두 뒤로 물러나시오!"

유한성이 단호한 음성으로 경고했다.

"그것마저 읽었다고?"

초동우가 고함을 지르며 유한성을 향해 날아들었다.

파아아앙—

초동우의 왼손에서 시퍼런 벼락이 유한성을 향해 떨어졌다.

츄아아악―

유한성의 검에서도 무시무시한 검기가 폭발했다.

콰아아앙!

두 가닥의 기운이 마주치며 산이라도 무너뜨릴 듯한 폭음
이 터졌다.

터져 나온 기파에 가까이에 있던 사람들이 휩쓸리듯 뒤로
물러났다.

"끝이다!"

초동우가 다시 고함을 지르며 유한성을 향해 육탄으로 달
려들었다.

유한성 역시 그를 향해 달려들며 적운검으로 크게 원을 그
렸다.

순간, 초동우의 몸이 두 배로 부풀어 올랐다.

우우우웅―

피부가 쩍쩍 갈라진 초동우의 몸이 사방으로 터져 나가기
직전 유한성의 검에서 천망일섬의 초식이 펼쳐졌다.

츄아앙―

그물 같은 검기가 초동우의 몸을 모조리 가두며 뻗어 나갔
다. 그리고 다음 순간,

그 검기는 한줄기 섬전이 되어 초동우의 심장을 향해 파고
들었다.

허공에 난무하던 검기가 어느새 모조리 사라졌다. 그리고

정적이 그곳을 메웠다.

툭!

초동우의 심장에서 선혈 한 방울이 바닥으로 떨어졌다.

그 선혈이 조금 더 많아지는가 싶더니 퍼억! 하고 초동우의 심장이 터져 버렸다. 동시에 잔뜩 부풀어 오른 그의 상체도 마라검기에 당해 갈기갈기 찢어졌다.

유한성의 검에서 터진 천망일섬의 응축된 검기가 진원진기까지 끌어올린 초동우의 혈맥을 가닥 내며 폭혈마공(暴血魔功)을 펼치기 전에 한발 먼저 터뜨려버린 때문이었다.

"와아!"

"와!"

폭혈마공에 의해 동귀어진할 뻔했다는 사실을 알지 못한 정호회 타격대원들 속에서 태산이라도 무너뜨릴 듯한 함성이 터져 나왔다.

조금 전까지 두건을 두른 참혼대원들에게 정신없이 내몰리던 상황을 완전히 잊은 듯한 고함이었다.

휘익—

휙!

전의를 완전히 상실한 장현방의 무리들이 꽁지 빠진 새처럼 도망을 치기 시작했다.

"네놈들은 보내줄 수 없다."

용태진과 천이성, 전학겸 등이 동료들을 이끌고 참혼대원들을 막아섰다.

참혼대원들 역시 전의를 상실하기는 마찬가지였지만 대주와 운명을 같이하겠다는 듯 두 눈 가득 살기를 담고 검을 들어올렸다.

그러나 전세는 완전히 한쪽으로 기울었다. 더구나 초동우를 육편으로 베어 버린 유한성이 빠르게 날아오고 있었다.

참혼대원들이 서로를 보며 눈짓을 교환했다.

일순, 그들은 검으로 자신들의 목을 그으며 그대로 무너져 내렸다.

"이, 이런!"

"아악!"

옆에서 지켜보던 사람들이 고함과 비명을 질렀다.

생포될 위기에 처하자 단 한순간의 망설임도 없이 스스로의 목을 베는 그들의 잔인함에 절로 소름이 끼쳐왔다.

'저건 폭혈마공!'

혹수개가 속으로 비명을 질렀다.

너무 놀란 나머지 그는 손뿐만 아니라 얼굴도 검게 물들기 시작했다.

마교의 전설적인, 아니, 악마적인 무공이 수백 년 만에 다시 나타난 것이다.

중간에 심맥이 끊겨 불발탄처럼 끝나긴 했지만 마교의 폭혈마공이 분명했다.

"대체 어떻게 저것이 다시 나타났단 말인가?"

흑수개는 신음성을 터뜨리며 사방을 둘러보았다.

장설도의 부하들도 모조리 자진해 버렸으니 더 이상은 알 수 없었다. 그러나 폭혈마공이 다시 나타났다는 것은 확실했고 그건 엄청난 사건이다.

흑수개의 마음이 급해졌다.

어서 이곳을 벗어나 전서구를 날려야 한다.

흑수개는 얼른 등을 돌렸다.

"이봐요?"

흑수개가 장내를 빠져나가려는 순간 흑수개를 발견한 송자영이 그를 불렀다.

"개방도가 맞죠? 개방도가 여기 어쩐 일인가요?"

송자영은 의구심 가득한 눈으로 흑수개를 쳐다보았다.

"명령을 받고 은밀히 도와주러 왔는데… 굳이 그럴 필요도 없었소."

흑수개가 내심을 감추며 답했다.

"그게 아니라 염탐하러 온 것이 아닌가요?"

송자영이 약간 날카로운 음성으로 물었다.

"적도 아닌데 무슨 염탐이오. 겸사겸사 전력분석은 해볼 참이었소. 그런데… 청해마검은 정말 살아 있는 것이오?"

흑수개는 눈을 가늘게 뜨며 물었다.

그건 폭혈마공이 나타난 것 다음으로 큰 사건이었다.

"개방도 모르는 걸 내가 어떻게 알아요."

송자영이 어이없는 표정으로 말했다. 하지만 제자가 나타났으니 그는 살아 있는 것이 확실했다.

"개방도 요즘은 예전 같지가 않소. 워낙 신경 쓸 일이 많아 정신이 없소."

흑수개가 절레절레 머리를 흔들었다.

"어쨌든 고마웠어요."

송자영이 뒤늦게 인사를 했다.

"그 대가로 개방도가 이곳에 왔다는 사실은 비밀로 해주시오."

흑수개는 씨익 웃으며 등을 돌렸다.

"식은 밥은 필요 없나요?"

송자영이 흑수개의 뒤통수를 향해 말했다.

"마음이 급해서 구걸할 틈도 없소. 쩝!"

입맛을 다신 흑수개가 빠르게 건물 뒤로 사라졌다.

第七十八章

비사(秘事)

"폭혈마공이 나타났다고?"

무림맹의 회의실에서 비영각주 초영신개의 보고를 받은 총관 남궁정한은 두 눈을 크게 떴다.

정방형 탁자를 가운데에 두고 둘러앉은 무림명수들도 놀란 표정으로 초영신개를 쳐다보았다.

폭혈마공은 의심의 여지가 없는 마교의 무학이었다.

최악의 경우를 맞아 자신의 생명을 담보로 상대를 죽이는 동귀어진의 수법으로 경우에 따라서는 상대뿐만 아니라 주변의 수많은 사람을 동시에 죽이는 악랄한 무공이었다.

그것을 펼친 자가 누구인지 아직 정확히 밝혀지진 않았지만 홍화교의 무리임은 분명했다. 그렇다면 군사 제갈진이 예상했던 대로 홍화교는 마교의 무공을 자신들의 것으로 소화하고 있다는 말이다.

"대체 놈들이 마교의 무학을 어느 정도까지 소화하고 있단 말이오?"

종남파의 장로 정두원(鄭豆院)이 긴장된 눈으로 비영각주 초영신개를 쳐다보았다.

"폭혈마공은 혈천심공(血天心功)에서 파생된 무공이오. 그렇다면 놈들은 마교의 십대 마공 중 최소한 세 개는 자기 것으로 만들었다고 봐야 하오."

초영신개가 답했다.

"세 개?"

정두원의 표정에 두터운 그림자가 어렸다.

마도인들도 소수밖에 익히지 못하는 마교의 십대마공을 마도도 아닌 자들이 세 가지나 익혔다니?

이건 숫제 마도가 재림한 것이나 마찬가지다. 그에 더해 그들의 전신인 현현교의 무공까지 더한다면 그들의 존재는 마교가 전성했을 당시와 다름이 없다.

"마도의 재림이로군요."

군사 제갈진이 담담한 어조로 말했다.

이미 이런 상황을 예상하고 있었던 그는 별반 감정을 드러내지 않았다. 그건 어떠한 상황에서도 냉철한 판단을 하고 분석을 하는 군사로서는 최고의 자질이었다.

"이제껏 자신들의 정체는 숨기며 황궁과 흑도를 이용해 세상을 휘젓던 놈들이 서서히 정체를 드러내는 것으로 보아 조만간 본격적으로 마각을 드러내겠군요."

모용영준이 침착한 어조로 말했다.

"아직은 아니라고 봅니다. 이번에는 예상 밖의 상대를 만나 부득이 그렇게 된 것뿐, 놈들은 여전히 목을 잔뜩 움츠린 채 땅굴 속에서 은신하고 있지요."

비영각주인 초영신개가 고개를 저으며 대꾸했다.

"예상 밖의 상대라니? 그게 누구란 말이오."

이번에는 청성파의 노 고수인 이전동(李全童)이 물었다.

"참, 폭혈마공에 신경 쓰다 보니 그걸 깜박했군요. 폭혈마공을 쓰는 놈을 죽인 청년은 십수 년 전에 강호에서 사라진 청해마검의 전인이라고 했소. 그 악마적인 검기에 홍화교의 놈은 폭혈마공을 펼치려 하다가 그것마저 제대로 터뜨리지 못하고 죽었다고……."

"청해마검?"

"마라십이검을 펼쳤던 그 청해마검 말이오?"

모두 놀란 표정과 함께 초영신개를 쳐다보았다.

"그렇습니다. 얼마 전부터 그 종적이 엿보였지만 확실하지 않았는데 이번에 확실히 드러났소이다. 제자들이 보낸 정보에 의하면 약관의 청년이라고 하는데 청해마검의 성취를 거의 다 이어받은 것 같다고 했습니다. 특히 그 냉혹하고도 패도적인 손속으로 미루어 성정마저 청해마검을 쏙 빼닮았다고 했소."

초영신개는 조금 들뜬 목소리로 답했다.

무인에게 있어 절대고수의 등장은 언제나 초미의 관심사였다. 특히 난세에 그런 정파의 고수가 등장해서 전세를 바꾸어 놓는 일은 후기지수들에게는 가슴을 뛰게 만드는 일이었다.

비록 청해마검 본인이 아니라 그 전인이라지만 그의 무공이 사부에 버금갈 정도라 들었으니 가뭄 속의 한줄기 단비 같은 소식이었다.

"대체 청해마검은 이제껏 어디에 있다가 갑자기 전인을 강호에 내보냈다는 말이오."

하북팽가의 팽서강(彭瑞岡)도 목소리를 높이며 물었다.

그는 예전에 가문의 일로 청해성을 지나던 길에 청해마검 한조산의 검법을 먼발치에서나마 직접 본 적이 있었다.

평범한 체구에 평범한 인상이었지만 그의 검에서 쏟아지는 악마적인 검기는 잊을 수가 없었다. 그러기에 청해마검의 등장은 더더욱 관심을 고조시켰다.

"세세한 것까지는 아직 모릅니다. 그런데 뜻밖에도 그의 전인은 정주제일가인 정주유검가의 후손이라 알려져 있소."

"그럼 유검가에서 청해마검에게 그 청년을 제자로 보낸 것이란 말이오?"

팽서강이 다시 물었다.

"그건 아닌 것 같습니다. 그 청년은 정주유검가에서 잃어 버린 혈육이었는데 최근 찾게 되었다고 합니다."

초영신개는 자신이 수집한 정보에 의해 하남성 정주와 허 창에서 최근 일어난 일들과 함께 정호회와 정호회 타격대에 대해 간략히 설명을 해 주었다.

"허어! 그것 참. 그렇다면 앞으로 정주유검가는 하남을 넘 어 중원의 세가로 발돋움하겠군요."

팽서강이 감탄사를 연발하며 말했다.

"그건 차후의, 그리고 그 가문의 일이고… 우리는 그를 이 용하여 놈들을 끌어내어 본거지를 파악하는 어떻겠소?"

총사 남궁정한이 깊은 눈빛으로 제갈진을 쳐다보았다.

제갈진 역시 그 부분에 대해 남궁정한과 같은 생각을 하고 있은 듯 되묻거나 색다른 반응을 보이지 않고 생각에만 잠겨 있었다.

"무슨 좋은 방법이 있으시오, 군사?"

이번에는 소림의 장한대사가 물었다.

"정호회를 통해 놈들의 본거지를 알아내는 것이 어떨까 합 니다."

제갈진이 짤막하게 답했다.

"그게 무슨 소리요?"

장한대사가 재차 물었다.

"지금 놈들이 그나마 정체를 드러낸 곳이 하남성의 허창과 정주 인근입니다. 아마 그곳을 은밀하게 차지하여 개방과 소림의 발을 묶을 의도가 아닌가 판단됩니다. 그런데 번번이 그 청년에게 가로막혀 차질이 생겼으니 조만간 본격적으로 모습을 드러낼 것입니다."

"그럼 그때 놈들의 본거지를 파악하자는 말입니까?"

"그렇습니다. 다음번에는 훨씬 더 강한 놈들이 나타날 테니 그놈들이라면 본거지를 파악할 만한 위치에 있겠지요."

"그렇다면 정호회 타격대가 너무 위험하지 않소? 대주라는 그 청년은 절정고수라지만 다른 청년들은 몇 명 정도만 일류이고 대개는 이류 정도의 수준일 텐데."

무당의 태종진인이 걱정스런 음성으로 말했다.

"우리 쪽에서 고수를 투입하여 그들을 도와주면 되지 않겠소?"

팽서강이 얼른 나서서 말했다.

"그렇게 하면 되겠구려."

다른 사람들도 찬동의 의사를 표했다. 그러나 어쩐 일인지 제갈진과 남궁정한은 굳게 입을 다물고 있었다.

"그렇게 하면 놈들이 낌새를 채고 꼬리를 말 것입니다."

잠시 후 남궁정한이 무거운 음성으로 말했다.

"그럼……?"

"세가나 각 문파의 후기지수들을 정호회 타격대원으로 소리 없이 스며들게는 하되 그들의 임무는 어디까지나 놈들의 본거지를 추적하는 선에서 국한되게 해야 합니다."

남궁정한이 냉정하게 답했다.

"정호회 타격대를… 미끼로 쓰자는 말씀이시오?"

소림의 장한 대사가 눈을 크게 뜨며 말했다.

무림맹보다 먼저 조직하여 그들과 맞서고 있는 정호회 타격대가 미끼로 사라지는 것은 바라지 않았다.

"미끼라는 것은 우리가 의도적으로 놈들의 코앞에 던져 놓은 것을 말하지요. 우린 단지 그들의 싸움을 지켜보다가 그들의 본거지를 파악할 뿐입니다."

제갈진이 덧붙였다.

"하지만 그들과 같이 있으면서 그들을 도와주지 않고 수수방관하는 것도 마찬가지가 아닌가요?"

아미파의 정혜사태(淨慧師太)가 약간은 엄한 음성으로 말했다.

"놈들이 아무런 방해도 받지 않은 채 차질없이 준비를 마치고 튀어나온다면 그때는 그보다 수십 배는 더한 희생이 따를 것입니다. 그런 일을 미연에 방지하기 위해서라면 다소간의 희생은 어쩔 수 없습니다."

남궁정한이 냉정하게 답했다.

"하지만……."

"더 많은 희생을 막기 위한 불가피한 선택입니다. 더 좋으신 의견이 있으면 기탄없이 말씀해 보시지요?"

남궁정한이 못을 박았다.

잠시 웅성거림이 일었지만 아무도 다른 말을 하지 못했다.

"그럼 최대한 은밀히 각 문파의 후기지수들을 정호회 타격대에 스며들도록 연락을 취하십시오. 놈들의 반격이 빠르다면 도착하기도 전에 정호회 타격대가 몰살당할 수도 있으니까요."

제갈진이 비로소 서두르는 기색을 보였다.

"알겠소이다. 최대한 빠른 경로로 연락을 취하도록 주선하지요."

초영신개가 고개를 끄덕였다.

"다음으로 맹주님이 직접 거론하신 사안에 대해 의논했으면 합니다."

총사 남궁정한이 약간 긴장된 음성으로 말했다.

"말씀해 보시지요."

맹주 선운 진인의 호전적인 성격상 놈들의 움직임에 수수방관하고 있지만은 않을 것이다. 놈들에게 타격을 입힐 적극적인 대응책을 세울 것이라 예상하고 있던 태종 진인도 긴장된 표정으로 남궁정한을 쳐다보았다.

"맹주께서는 오룡회의 재건을 지시하셨소."

남궁정한이 맹주의 지시를 전했다.

"오룡회?"

좌중의 표정이 굳어졌다.

성군의 자질을 내보였던 전대의 젊은 황제가 탐관오리들의 집합체인 단심맹에 맞서기 위해 급히 조직했던 그 조직이었다. 그러나 단심맹에게 패퇴하며 오룡회에 가입했던 문파나 인물들은 철퇴를 맞았다.

그런 연유로 오룡회라는 말만 들어도 모두들 표정이 굳어졌다.

"전대 황제도 없는데 누구를 구심점으로 오룡회를 조직한단 말이오?"

모용영준이 무거운 음성으로 물었다.

"오룡회를 조직했던 전대 황제는 없지만 황실 종친들이나 충신들 중에는 구심점이 될 만한 사람들이 분명히 있을 것이오. 현 무림의 혼란은, 아니, 무림뿐만 아니라 중원의 모든 혼란은 황실에서부터 기인하고 있소. 그곳에서 은밀히 탐관오리들을 조종하는 자들은 홍화교 놈들이 분명하오. 그놈들이 황실에서 수작을 부리지 못하게 잘라내지 않는 이상, 아무리 흑도방파를 무너뜨린다 하더라도 뿌리는 그대로 두고 잡초의 줄기만 쳐 내는 것과 마찬가지지요. 놈들의 본거지를 찾는 일과 병행하여 놈들이 황실에서 더 이상 수작을 부리지 못하도록 뿌리를 잘라 버려야 하오. 그것이 맹주의 생각이오."

남궁정한이 설명을 덧붙였다.

"하지만 다시 실패한다면 이번에는 더 혹독한 반격을 받을 수도 있지 않겠소?"

팽서강도 긴장을 감추지 못하는 표정으로 말했다.

황실과 무림의 충돌은 미증유의 결과를 낳을 것이다. 무림이 아무리 강하다 해도 백만 황군이 몰려오면 그 존립마저도 위태롭게 된다.

전 황제의 간곡한 요청으로 오룡회에 가담했다가 막대한 피해를 입었기에 다시 그런 일이 발생한다면 그 문파는 문을 닫아야 할 것이다. 그러기에 오룡회의 재건은 극히 조심스러울 수밖에 없었다.

"시도하지 않는다고 해서 달라질 것이 없소. 아니, 놈들이 획책하는 짓들로 봐서는 미연에 싹을 자르지 않는다면 조만간 전 무림이 피바다에 휩싸일 것이오."

남궁정한이 자르듯 말했다.

"그건 총사의 말씀이 맞습니다. 아직 확실한 것은 아닙니다만, 본가에서 최근 입수한 정보에 의하면 놈들은 황실 외에도 다른 세력들과 연계하여 중원을 휘저을 계획을 세우고 있는 것 같습니다."

제갈진이 조심스런 음성으로 최근 입수한 정보를 공개했다.

그것은 제갈세가의 비선을 통해 극비리에 입수했기에 아직 아무에게도 공개하지 않은 것이었다.

"다른 세력들이라니? 어떤 자들을 말하는 것이오?"

개방의 초영신개가 얼른 질문을 던졌다.

세상에서 가장 정보가 빠르다는 개방에서도 모르는 것을 제갈세가에서 파악하고 있다는 사실이 놀랍기도 하고 자존심이 상하기도 했다.

"몽고의 기마대와 연계하고 있다는 정황을 포착했습니다."

제갈진의 입에서 폭풍 같은 말이 흘러나왔다.

"그, 그게 정말이오, 군사?"

"놈들이 정말 그 오랑캐들과 손을 잡고 있단 말이오?"

모두들 경악한 표정으로 고함을 질렀다.

몽고의 기마병에 대한 중원인들의 공포는 핏줄 속에까지 남아 있었다.

지금은 황량한 초원 너머로 쫓아내 버렸지만 그들은 한때 이백 년 가까이 한족을 지배하고 핍박한 최초의 이족이었다.

그들의 말발굽은 거침없이 중원을 짓밟았고 중원은 그들의 호전적이고 잔인한 손속에 치를 떨었다.

그런 그들이 홍화교와 손을 잡는다면?

무림의 생사뿐만 아니라 한족 전체의 생사가 바람 앞의 촛불 신세가 된다.

"대체 놈들의 목적이 무엇이오? 중원무림에 대한 복수가 아닌 것이오?"

모용영준이 목소리를 높였다.

그 역시 몽고의 오랑캐라면 치가 떨리는 것이다.

"그들의 움직임을 보면 중원무림에 대한 복수는 당연한 것이고 그와 함께 중원 전체에 피바람을 일으키려는 의도가 아닌가 하는 생각이 듭니다."

제갈진이 냉정하게 분석했다.

"허어!"

"큰일이로고!"

태종 진인과 장한 대사가 탄식을 토했다.

"막을 방도는 있는 것이오?"

팽서강이 침을 꿀꺽 삼키며 물었다.

"지금으로서는 손을 쓰고 싶어도 놈들의 본거지를 찾을 수 없으니 힘듭니다. 놈들의 소굴부터 찾아야 대책이 나올 것 같습니다."

제갈진이 난색을 표하며 답했다.

"우선은 허창의 정호회에 관심을 집중하고 은밀하게 지켜보도록 합시다. 그곳에 놈들이 다시 나타나면 꼬리를 잡을 수 있을 것이오."

총사 남궁정한이 무거운 음성으로 말했다.

"어서 연락부터 하겠습니다."

초영신개가 먼저 일어섰다.

"최대한 은밀하게 해야 하오. 혹시라도 놈들이 눈치채면

만사휴의로 돌아가오."

"여부가 있겠습니까."

초영신개는 고개를 끄덕인 후 실내를 벗어났다.

*　　　*　　　*

"청해마검이라……."

여인보다 더 붉은 사내의 입술 끝이 슬쩍 위로 치켜 올라갔다.

비웃는 것 같기도 하고 재미있어 하는 것 같기도 한 표정이었다.

그런 사내의 표정 변화를 옆에 앉은 여인이 의아스러운 눈으로 바라보고 있었다.

사내의 그런 미소는 마음속에 호승심이 일었을 때 나타나는 반응이었다.

그건 정말 오랜만이었다. 그리고 무척이나 의외였다.

여인이 알기에 이 사내에게 호승심을 불러일으킬 수 있는 일은 지극히 드물었다.

이미 절정을 뛰어넘은 그에게는 상대가 거의 없었다. 그래서 이젠 무공에 흥미를 잃은 듯한 모습이었다.

그런 사내가 입꼬리를 비틀며 호승심을 내보였다.

여인은 사내의 입술에 온 신경을 집중했다.

"정말 질긴 인연이군."

잠시 후 사내가 혼잣소리처럼 말했다.

"인연이라시면……?"

여인의 눈이 커졌다.

청해마검과 사내가 인연이 있다는 말은 상상도 하지 못한 것이다.

"아, 아니야!"

사내가 황급히 고개를 저었다.

아마도 불식간에 실언을 한 모양이었다.

"그런데 청해마검의 제자가 몇 살쯤 되어 보인다고 했지?"

사내가 질문했다.

"약관 정도라고 했습니다."

일화가 답했다.

"약관이라……."

사내가 미간을 좁혔다. 동시에 그의 의구심 한가닥이 번져 갔다.

"그렇다면 아들이 아니란 말인데……."

사내가 다시 혼잣소리로 중얼거렸다.

"청해마검에게 아들이 있었단 말인가요?"

일화가 거듭 의아한 얼굴을 하며 질문했다.

아까도 그랬듯이 사내는 청해마검에 대해서 무언가 아는 것이 있는 것 같은데 애써 감추고 있었다.

"쩝!"

사내는 실수를 거듭한 자신을 느꼈는지 입맛을 다셨다.

"언젠가 청해성 북산에서 우리 교도들을 은밀히 추적하던 개방의 거지 한 놈을 작살내려는 순간, 그곳을 지나가던 어떤 무인이 개입하여 문도들을 모두 베어 버리고 개방도를 구해 주었다고 했지."

사내가 얼른 다른 말을 꺼냈다.

"그가 청해마검이었나요?"

여인의 눈꼬리가 위로 올라갔다.

여인은 낙양 백화루의 일화였다. 그리고 사내는 그녀들로부터 공자로 불리는 미청년이었다.

"그때는 몰랐는데 나중에 그렇게 불렸다고 하더군."

청년이 고개를 끄덕였다.

"우리 교도들을 죽였는데 어떻게 그가 아직 살아 있지요?"

일화가 약간 분기가 이는 목소리로 물었다.

"교도들을 대거 투입하여 죽이려고 했으면 그럴 수도 있었겠지. 하지만 그때는 우리의 존재마저 철저히 숨길 때였고 부득이 드러내서 활동할 경우에는 혈교로 위장했기에 불필요한 마찰을 피해야 했지."

"그 후에는요?"

"그 후에는 그도 강호를 떠났는지 종적이 묘연했는데 갑자기 제자가 나타났군. 후후!"

사내의 입꼬리가 다시 말려 올라갔다.

"사부에 이어 제자까지 우리 일을 방해하는군요. 하지만 잘 됐어요. 제자와 함께 그 사부에게도 밀린 혈채를 받을 수 있을 테니까요."

일화의 눈이 서늘해졌다.

"쉽지 않을 텐데."

사내가 빙긋 미소를 지었다.

호승심을 느낄 때 입술 끝이 말려 올라가며 짓던 그 미소였다. 또한 그 미소의 끝에는 일화가 모르는 무언가를 아는 듯한 기운이 스며 있었다.

"아무리 청해마검이라도 우리 교의 일을 방해하면 예외가 없어요. 정체를 알았기에 이젠 더 이상 실수하지 않겠어요."

일화가 다호하게 말했다.

"그럴 수 있을까?"

사내가 빙긋 웃었다.

"저를 못 믿으시는군요?"

일화의 눈빛이 조금 날카로워졌다.

"이크! 내가 실수를 했군."

사내가 기겁한 표정을 지으며 손을 흔들었다.

"일화를 못 믿는 것이 아니라 사부님의 당부가 그렇다는 것이지."

사내가 뜻 모를 소리를 했다.

"주군의 당부라니요?"

일화의 눈이 더욱 커졌다.

"사부님께 들은 옛날 얘기를 하나 해주지."

사내가 오랜 기억을 더듬는지 눈 사이를 좁혔다. 일화는 침을 삼키며 사내의 입술만 쳐다보았다.

"광활한 기련산맥 어느 골짜기엔가 자리 잡은 작은 문파가 하나 있는데……."

사내가 서두를 꺼냈다.

"그들은 세상일에는 관심이 없고 오로지 검술 연마에만 몰두하는 문파로, 문도 수는 얼마 되지 않지만 그들 개개인의 무위는 예측을 불허한다고 하셨지."

사내는 잠시 말을 멈추었다.

"만약 그 문파의 문도들이 반만 무림으로 나와도 무림의 판도가 달라질 것이라고도 하셨어."

사내의 입술 끝이 더욱 말려 올라갔다.

호승심이 극에 달했다는 뜻이었다.

일화의 얼굴에 복잡한 기색이 번져 나갔다.

사내의 말은 조금도 수긍이 가지 않았다. 하지만 사내가 하는 말은 주군, 즉 홍화교 교주의 말이라고 했다.

교주의 말은 곧 천명, 안 믿을 수도 없지만 액면 그대로 믿자니 마음이 움직이지 않았다.

"주군께서는 그들을 어떻게 알고 계시는지요?"

일화가 궁금증이 가득한 표정과 함께 질문했다.

"아주 오래전에 사부님께서 기련산맥을 지나다 그들 문파의 사람을 하나 만났다고 하셨어. 당시 사부님과 비슷한 연배의 중년인이었는데 약초 광주리를 어깨에 메고 있었다더군. 단순히 약초꾼인 줄 알고 무심코 지나치려다 그 중년인의 허리에 걸린 철검 한 자루를 발견했다고 하시더군. 아무런 특징도 없고 재질이 좋아보이지도 않았지만 이상하게도 호기심을 자극해 잠시 걸음을 멈춘 사부님께서는 은밀히 중년인의 기도를 살폈지."

"그런데요?"

일화가 눈을 반짝거리며 물었다.

"기도를 전혀 읽을 수가 없었다고 하시더군."

"설마요!"

일화가 반발심 가득한 고함을 질렀다.

"후후! 일화도 날 못 믿는군!"

사내가 빙긋 웃었다.

"요, 용서를!"

일화가 얼른 고개를 숙였다.

"아냐, 아냐! 나도 안 믿어지는데 일화라고 뭐 다르겠어. 당연한 듯이 받아들이는 것이 용서받지 못할 일이지."

사내가 다시 손사래를 쳤다.

"그런 상황에서 그냥 지나치실 사부님이 아니셨지. 사내에게 말을 걸고, 이런저런 얘기를 하다가 자연스럽게 무공에 대한 얘기를 꺼내고 급기야는 비무를 청하셨지."

"비무는 이루어졌나요?"

일화는 완전히 얘기에 심취한 채 물었다.

"그 사내는 완강하게 거부했지만 무인의 순수한 열정을 내세우며 끈질기게 매달리는 사부님에게 굴복해 결국에는 비무가 이루어졌지."

"결과는요?"

일화의 숨소리가 가빠졌다.

"수백 합을 겨루었지만 승부를 보지 못했다고 하셨지."

"그, 그런······. 그렇다면 백중세였군요."

일화가 끝내 받아들일 수 없다는 표정으로 말했다.

"글쎄··· 사부님 말씀으로는 그가 피를 보기 싫어 전력을 다하지 않아 무승부를 이룬 것 같다고 하시더군. 하지만 생사를 걸고 전력을 다했더라면 사부님께서 패했을 것이라고도······."

청년이 입술을 크게 비틀었다.

"그럴 리가요!"

일화가 사내의 멱살이라도 잡을 듯한 표정과 함께 고함을 질렀다.

"후후!"

일화답지 않은 반응에 사내가 미소를 지었다.

"사부님과 백중세를 이룬 그 사람은 더 이상 비무에 관심이 없는지 어느 순간 바람처럼 몸을 날려 사라졌다고 했지. 사부님은 그 사람을 따라잡기 위해 죽을힘을 다해 경공을 펼쳤지만 놓쳐 버렸다고 하시더군."

일화는 더 이상 질문은 않고 사내의 말에 귀만 기울였다.

"그 사람을 놓친 사부님께서 며칠 동안 인근을 돌아다니며 이 잡듯이 수색을 하셨으나 그의 흔적은 찾지 못했지. 그래서 그에 대해 인근 주민들에게 수소문도 해보았지만 그들 역시 알지 못했다고 하셨지. 결국 포기하고 떠나려는데 노인 한 분이 말하길, 그곳에서 산을 열 개 정도 더 넘으면 대나무 숲이 우거진 계곡에 문도 수가 스무 명도 안 되는 작은 문파가 하나 있는데 그들의 차림이 그 사람과 비슷하다고 했다더군."

"찾으셨나요?"

"그때는 못 찾았다고 하셨어. 노인이 잘못 알려주었거나, 아니면 진식으로 가려져 보이지 않았거나……."

"그럼 차후에는 찾으셨나요?"

일화의 눈에 생기가 돌았다.

"일화도 사부님의 성격을 잘 알지 않나? 절대로 포기하실 분이 아니지. 오랜 준비 끝에 결국 그들을 찾았지."

"그럼 다시 비무를 하셨나요?"

"그렇게 단순하게 흘러가면 세상이 너무 재미없지. 후후!"

사내의 입꼬리가 다시 말려 올라갔다.

"그럼?"

"일화는 몇 살까지 살고 싶나?"

사내가 전혀 엉뚱한 질문을 했다.

"그게 무슨……?"

"방금 한 일화의 질문에 답해주면 일화는 당장 죽어야 하거든."

사내가 짓궂은 미소를 지었다.

그 이후의 일은 극비라는 말이었다.

"못 들은 걸로 해주십시오."

일화가 얼른 뒤로 물러나 앉았다.

무언가 깊은 사연이 있는 것 같았지만 그건 자신의 신분에서 알아서는 안 되는 일이란 말이었다.

그걸 알면 죽을 정도라니 극비 중에서도 극비인 모양이었다.

"그런데 청해마검이 그 사람들과 어떤 관계가 있는가요?"

잠시 뜸을 들인 일화가 다시 질문했다.

"청해마검이 바로 그 문파의 사람이지."

"그렇… 군요."

일화의 안색이 어두워졌다.

바라지 않는 짐작이 들어맞았을 때 인간이 짓는 공통적인 표정이었다.

"그럼… 주군의 당부라는 것은?"

일화가 조심스럽게 물었다.

"사부님께서 말씀하시길… 세상 모든 곳과는 충돌을 해도 그곳 사람들과의 충돌은 무조건 피하라고 하셨어. 만약 그들과 충돌하여 그들이 산문을 내려와 중원으로 나오면 우리의 대업에 가장 큰 걸림돌이 될 수 있다고……."

사내가 입맛을 다셨다.

그 역시도 일화처럼 그것을 인정할 수 없다는 표정이었다.

"그럼 그들이 나오면 우리의 대업은 접어야 하는 것입니까?"

일화가 억울하다는 듯 말했다.

"그럴 수야 없지. 우리도 음으로 양으로 많은 준비를 했지. 최악의 경우에는 부딪칠 수밖에 없지만 그렇지 않은 경우에는 무조건 피하라는 뜻이지."

사내가 일화를 달래 듯 부드럽게 답했다.

"휴우—"

일화는 갑자기 머릿속이 복잡해지는지 한숨과 함께 인상을 찌푸렸다.

단순히 절정고수란 생각만 하고 있던 청해마검의 배경이 생각보다 훨씬 무거웠다.

절정고수 한 사람이야 더 많은 절정고수를 투입하면 제거할 수도 있지만 그의 뒤에 대단한 문파가 도사리고 있다면 문제는 달라진다.

최악의 경우 그 사문의 문도들이 모두 달려 나올 상황에 대한 역학관계도 따져 보아야 한다.

비로소 이 사내가 호승심을 느끼며 입꼬리가 말려 올라간 이유를 납득할 수 있었다.

절정고수 청해마검! 그리고 그 뒤에 도사린 신비문파의 문도들!

이 사내는 그들과 검을 섞어보고 싶은 마음이 간절한 것이다.

"사적인 혈채는 조금 뒤에 받아야겠군요."

잠시 후 일화가 말했다.

"그래야겠지."

사내가 묵묵히 고개를 끄덕였다.

"하지만 그로 인해 허창과 정주의 일이 늦어지는 것은 더 두고 볼 수 없습니다."

일화의 목소리에 초조감이 어렸다.

"순서를 조금 바꾸는 방법도 있지. 성동격서도 아울러 적용하고."

"어떤?"

"구천련(九天聯)을 먼저 출범시키도록 하지. 무림맹도 탄생했으니 흑도도 그에 상응하는 움직임을 보여주어야겠지."

사내가 지시를 내렸다.

"복명!"

일화가 깊이 고개를 숙였다.

"그리고 청해마검과 그의 제자에 대한 일은 전적으로 나에게 맡겨라. 내가 알아서 하겠다."

사내가 단호한 어조로 말했다. 그런 그의 얼굴에 최고조의 호승심이 어렸다.

일화는 사내의 호승심이 적이 걱정되었지만 저런 단호한 표정을 할 때는 어떤 것도 통하지 않는다는 것을 잘 알았다.

"알겠습니다."

일화가 다시 고개를 숙였다.

"좋아. 바쁠 텐데 나가서 일 봐!"

일화에게 축객령을 내린 사내가 천천히 일어서서 벽에 걸린 지도 앞으로 다가갔다.

지도는 넓은 벽면 한쪽을 모두 차지한 대형의 것으로 중원 전역의 모습과 관도, 샛길 등이 세세히 그려져 있었다.

특히 무림문파의 위치에는 깃발이 꽂혀 있었는데 문파의 세력에 비례해 깃발의 크기도 달랐다.

"중원은 역시 멋진 땅이야. 후후!"

사내의 웃음소리가 낮게 내려앉았다.

第七十九章

구천련(九天聯)의 등장

휘이익—

휘익—

대기를 찢는 파공음 소리가 지하 연무장 안에 난무했다.

파공음은 무언가 날카로운 듯하면서도 가슴을 뻥 뚫어주
는 시원함이 깃들어 있었다.

그러면서도 한순간의 끊임도 없이 면면부절했다.

파공음을 만들고 있는 것은 한 자루의 검이었다.

검신에 용무늬가 음각된 검은 날카로우면서도 한없이 부
드럽게 대기를 갈라가고 있었다.

휘리릭—

검이 어지러운 춤을 추었다.

검에 실린 막강한 역도에 대기가 비명을 지르며 터져 나갔다. 그러나 검의 움직임은 그 안에 실린 막강한 기운에 비해 너무나 표홀하고 유려하게 움직였다.

츄아아악—

어느 순간 검첨에서 벼락 치듯 검기가 폭사되었다.

파파파파파파팟—

폭사된 검기가 석벽에 무수한 검흔을 남겼다.

그 검흔은 용 한 마리가 승천을 하는 듯한 웅장한 그림을 완성했다.

"이젠 십성을 완벽히 뛰어넘었다. 하하하!"

막힌 가슴을 뻥 뚫을 듯한 호쾌한 웃음소리가 지하 연공실 안에 울려 퍼졌다.

정주유검가의 가주 유세천의 웃음소리였다.

"축하합니다, 형님!"

유세강도 활짝 웃으며 고함을 질렀다.

"축하합니다, 백부님!"

유병인을 비롯한 조카들도 함성을 지르며 희열에 들떴다.

백오십 년 동안 나오지 않았던 십성 고수가 당대에 드디어 탄생한 것이다.

얼마만의 경사인가?

그리고 얼마나 오랫동안 기다렸던가?

유세강의 눈에서 눈물이 흘러내렸다.

다른 사람들도 같은 심정으로 눈물을 흘렸다.

"모두 그 아이 덕분이다."

유세천의 눈이 허공으로 향했다.

그의 망막에 유한성의 모습이 어렸다. 그리고 그의 아버지이자 막냇동생인 유세연의 모습이 겹쳐졌다.

'세연아……'

유세천은 막냇동생 유세연의 이름을 속으로 불렀다.

이십 년이 지났지만 원한을 풀어주기는커녕, 흉수도 찾지 못한 채 차가운 땅속에 묻은 동생이었다.

가문은 그를 위해 아무것도 해주지 못했지만 그는 분신을 가문에 보내 가문의 독문검법인 진혼사십팔검을 십성에 이르게 해주었다.

십이성의 대성은 언제 이룰 수 있을지 알 수가 없다.

하지만 유한성이 있다면 충분히 가능할 것이다.

'고맙구나, 세연아. 대성을 향한 네 염원도 꼭 풀어주도록 하마.'

유세천은 가슴 깊이 다짐하며 검을 검갑에 갈무리했다.

"거듭 축하드립니다, 형님!"

유세강이 다시 고함을 질렀다.

"고맙다. 이젠 너도 구성을 넘어 십성에 이르도록 해야지."

유세천은 형형한 눈빛으로 유세강을 쳐다본 후 조카들을 향해서도 눈길을 주었다.

셋째 동생 유세강은 아직 팔성의 초입에 머물러 있었다. 그리고 허창의 정가장에서 정호회 일을 전담하고 있는 둘째 동생 유세진은 팔성의 중엽이었다.

이 두 사람은 자신이 이룬 성취로 인해 훨씬 빠르게 구성에 이르게 할 수 있을 것이다. 다만 바로 아래 동생 유세용은 검술보다는 학문에 더 관심이 많아 일찍 검을 놓은 것이 아쉬웠다.

하지만 그것 역시 충분히 이용할 수 있다.

그의 학문적 소양을 독문검법인 진혼사십팔검의 주해를 다는 데 이용하여 조카 유한성과의 비무 때 느낀, 온몸에 전율이 감돌게 하던 섬광 같은 심득을 고스란히 전해주면 조카들의 성취에도 괄목상대할 만한 성취를 이루게 할 것이다.

"아버님과 할머님을 뵙고 인사를 드려야겠다."

그동안 폐관수련이나 마찬가지인 생활을 했던 유세천은 두 분 어른을 못 뵌 지도 오래되었다는 생각을 했다.

"그렇게 합시다, 형님! 이 기쁜 소식을 전해드리면 아버님과 할머님도 너무 기뻐하실 것입니다."

유세강이 먼저 수련실을 나섰다.

정주유검가의 최고 어른인 연화 대부인은 오늘도 하수린

과 마주하며 이야기꽃을 피우고 있었다.

그것은 최근 단 하루도 빠지지 않는 연화 대부인의 일과였다.

그녀는 눈을 뜨자마자 하수린을 찾았고 하루 종일 하수린과 함께하며 이야기를 나누었다.

건강을 되찾아 나날이 활기를 더해가는 하수린은 연화 대부인과 담소를 나누는 것을 조금도 귀찮아하지 않았다.

그녀는 연화 대부인에게 유한성과 자신에 관한 얘기를 해주다가 때때로 유검가에 관한 얘기를 듣고 싶다면 연화 대분인에게 조르기도 하였다.

그럴 때마다 연화 대부인은 만면가득 미소를 지은 채 유서깊은 정주유검가에 관한 얘기며, 유한성의 아버지 유세연에 관한 얘기들을 차근차근 해주었다.

어떤 때는 하수린이 얘기를 하는 때보다 연화 대부인이 얘기를 하는 시간이 더 많았다.

유현승을 비롯한 다른 사람들이 연로하신 연화 대부인을 걱정하며 노심초사했지만 하수린과 얘기를 나눌 때의 연화 대부인은 그 어느 때보다 생기가 돌았고 유한성이 없을 때면 이따금씩 하던 기침도 하지 않았다.

오늘도 하수린과 얘기꽃을 피우던 연화 대부인은 큰손자이자 가주인 유세천의 방문을 받고는 자리에 일어나 앉았다.

"할머님! 소손 오늘에야 비로소 진혼사십팔검의 성취가 대성에 이르렀습니다."

유세천은 희열에 찬 음성으로 연화 대부인에게 인사를 올렸다.

"그런가? 그게 정말인가? 그동안 정말 수고가 많았구만."

연화 대부인은 자리에서 일어나며 유세천의 노고를 치하했다.

"소손 자질이 너무 부족해 이제야 십성을 뛰어넘었습니다. 부끄럽습니다."

유세천이 감개무량한 음성으로 대꾸했다.

"그렇지. 많이 부끄러워해야지."

연화 대부인이 고개를 끄덕였다.

"예?"

유세천이 눈을 동그랗게 뜨고 연화 대부인을 쳐다보았다.

평소 연화 대부인은 다른 사람들 못지않게 진혼사십팔검의 십성 성취를 갈망했다. 그래서 자신이 그 소식을 전하면 뛸 듯이 기뻐할 줄 알았는데 반응이 너무 담담했다.

"십성을 이루었다고 합니다, 어머님."

혹시 연화 대부인이 잘못 들었지 않나 싶어 태상가주 유현승이 다시 설명했다.

"그래 수고했네. 그동안 애타게 기다리던 일이었는데 이제 십성을 이루었으니 가문의 영광이구나. 하지만 그것에 만족하지 말고 앞으로 더 정진해서 대성을 이루도록 하게."

그녀는 결코 잘못 듣지 않았다. 유한성의 등장으로 기대치가 한층 상승되어 있었던 것이다.

"알겠습니다, 할머님! 소손 더욱 정진하여 반드시 대성도 이루겠습니다."

유세천이 강한 자신감과 함께 말했다.

"내가 살아 있는 동안 이루도록 하게."

연화 대부인은 더욱 채찍질을 가했다. 그러고는 이내 관심을 딴 데로 돌렸다. 그쪽이 훨씬 더 마음이 끌리는 모습이었다.

"아까 어디까지 얘기했던고?"

이내 유세천에게서 시선을 돌린 연화 대부인은 하수린에게 물었다.

"둘째 손주님, 그러니까 세진 백부님께서 어린 시절 물에 빠졌던 얘기를 하던 중이었습니다."

하수린이 유세천 등에게 송구스런 기색을 보이며 답했다.

"그렇지. 그 얘기를 하던 중이었지. 쯧쯧! 나이가 들면 금방 했던 얘기도 까먹는구나. 그러니까 세진이가 물에 빠져 허우적거리자 놀란 형이… 그 형이 가주구나. 놀란 가주가 뛰어들었는데 아뿔싸! 가주는 제 동생 세진이보다 더 헤엄을 못 치고 물을 꼴깍꼴깍 마시며 개헤엄만 쳐대니 이걸 어쩌누! 호호호!"

연화 대부인은 자지러질 듯한 웃음과 함께 옛날 일을 얘기했다.

"험! 험!"

그 개혜엄의 당사자인 가주 유세천은 헛기침만 하며 황망한 표정을 지었다.

"푸흡!"

하수린도 억지로 참다가 결국 실소를 터뜨리며 얼굴을 발갛게 붉혔다.

"어머님! 저흰 그만 나가보겠습니다."

민망해진 태상가주 유현승이 서둘러 하직 인사를 올렸다.

"그러게나. 바쁠 텐데 어서 가서 일 보시게. 그리고 가주는 여세를 몰아 하루빨리 대성을 이루도록 하시게."

연화 대부인은 한 번 더 채근한 후 옛날 일을 얘기하기 시작했다.

"제가 그랬습니까, 아버님?"

연화 대부인의 처소에서 나와 집무실로 걸어가던 유세천이 입맛을 다시며 유현승에게 물었다.

"그랬지. 그런데 십성을 이룬 것도 이젠 어머님께는 큰 관심사가 못되는구먼."

유현승도 입맛을 다셨다.

"저 처자가 할머님 곁에 있는 한 대성을 이루어도 마찬가지가 아닐까 합니다. 한성이도 찬밥 신세가 되지 않았습니까.

하하하!"

유세천이 호탕한 웃음을 터뜨렸다.

비록 자신의 십성 성취는 큰 칭찬을 받지는 못해도 그 어느 때보다 생기 넘치고 행복한 표정을 하고 있는 할머님의 모습이 너무 좋았다.

"그렇다고 정진하는데 게으름을 피우지는 말게."

태상가주 유현승이 엄하게 말했다.

"여부가 있겠습니까, 아버님."

유세천이 고개를 끄덕였다.

"그런데… 그 얘긴 아직 모르겠구먼."

유현승이 말머리를 꺼냈다.

"무슨 얘기 말씀입니까?"

유세천이 고개를 돌렸다.

"그 아이를 가르친 사람이 청해마검이었다는군."

"한성이의 사부 말입니까?"

유세천이 담담히 대꾸했다.

"그렇다고 하네."

유현승이 무겁게 고개를 끄덕였다.

"사실, 알고 있었습니다. 가장 많이 검을 섞어본 사이인데 모를 수가 없지요."

유세천이 미소를 지으며 답했다.

"그런데 이제껏 말하지 않았단 말인가?"

유현승이 조금 책망하듯 말했다.

"사부의 안위가 달린 일이라 비밀로 해달라고 했습니다."

유세천이 입맛을 다시며 답했다.

"그랬구먼. 그런 사람을 사사했으니 어린 나이에도 불구하고 그 수준이겠지. 허허허!"

유현승이 너털웃음을 터뜨렸다.

"그런데 아버님께서는 어떻게 그 사실을 아셨는지요?"

유세천이 의구심어린 표정으로 물었다.

"허창의 진성무관, 아니, 정검가에 흉험한 놈들이 침입을 한 모양일세. 그곳에서 그 아이가 터뜨린 검기가 마라십이검의 마라검기였다고 하더군. 그래서 그 아이의 신분이 이젠 완전히 드러난 것이지."

유현승이 잠시 말을 멈추었다. 그런 그의 얼굴에 어두운 기색이 어렸다.

"왜 그러십니까, 아버님?"

유세천이 눈을 조금 크게 떴다.

대성을 이루고 더없이 기쁜 일만 있는 오늘 같은 날 부친의 그런 표정은 어울리지 않았다.

"그런데… 그 아이의 검에 베어진 놈들 중 한 명이 마지막 순간에 펼치려 했던 무공이 마교의 것이라는 소문이 있네."

"마교라니? 이백 년 전에 사라진 그 마교 말씀이십니까?"

유세천이 고함을 치듯 물었다.

"아직 소문에 불과하지만 그렇다네."

유현승이 무겁게 고개를 끄덕였다.

유세천은 비로소 부친 유현승이 무거운 표정을 지은 까닭을 짐작했다.

마교의 무공이 나타났으니 마교가 재림한 것이라 봐야 했다. 그런데 그 마교의 고수 한 명을 유한성이 베어 버렸으니 후환이 걱정된 것이다.

다른 문파라면 모르겠지만 소름끼치는 마교에 원한을 사고 그들의 보복을 받게 된다는 것은 생각만 해도 끔찍하다.

"한성이가 마교도 한 명을 베어 버렸지만 그렇다고 놈들이 당장 우리 가문을 불구대천지 원수로 생각하며 달려들지는 않을 것입니다. 놈들이 나타나면 정파무림도 가만히 있지 않을 것이고 더 큰 차원에서 싸움이 벌어지겠지요."

유세천이 부친을 안심시켰다.

"내가 걱정하는 것은 가문이 아니라 한성이 그 아이일세. 가주 말대로 마교와 대대적인 싸움을 큰 틀에서 이루어지겠지만 한성이에게는 앞으로도 놈들을 마수가 계속해서 뻗어올 것이 아니겠는가. 그것이 문제일세."

유현승의 표정이 더욱 어두워졌다.

"너무 걱정 마십시오. 아무리 마교도라 하더라도 그렇게 호락호락할 아이가 아니지 않습니까."

"하지만 상대는 마교일세."

"마교도 사람입니다. 사람인 이상 더 강한 무공 앞에서는 꺾이지요. 이번처럼 말입니다."

유세천이 다시 안심을 시켰고 유현승이 무겁게 고개만 끄덕였다.

연화 대부인의 방에서 나와 집무실에 도착한 유세천은 그동안 미뤄두었던 일을 논의하기 위해 하수린의 부친 하유걸과 그 가족들을 불렀다.

하유걸을 비롯한 임소령과 그들의 세 아들인 하정현 형제들은 약간은 긴장한 표정으로 유세천과 탁자를 마주했다.

그동안 하유걸과 개인적으로 술자리를 가진 적은 있었지만 가주가 이렇게 하유걸 가족 전부를 부른 일은 없었기 때문이다.

"그동안 연공실에 틀어박혀 수련을 하느라 국주님 가족들에게 제대로 신경을 쓰지 못해 정말 송구합니다."

유세천이 만면 가득 미소를 지으며 인사를 건넸다.

"하하! 제가 해야 할 말을 가주께서 대신하는군요. 이렇게 객식구로 밥만 축내며 지내는 처지라 송구하기는 제가 더 하지요."

하유걸이 호쾌하게 웃으며 대꾸했다.

"그 무슨 당치 않은 말씀을! 우리 한성이와 국주님 가족의 관계를 생각하면 국주님 가족들은 나에게도 혈육이나 마찬가지이오."

유세천이 펄쩍 뛰듯이 말했다.

"그렇게 생각해 주신다니 더 이상 고마울 수가 없군요."

하유걸도 깊은 눈으로 유세천을 보며 답했다.

나이는 유세천이 두어 살 더 많았지만 두 사람은 서로 통하는 것이 많아 첫 술자리부터 밤을 새우기도 했다.

"오늘 국주님을 비롯한 가족 모두를 부른 것은 어려운 부탁 한 가지를 하기 위함입니다. 그 부탁은 저로서는 몹시도 어렵고, 또 국주님 혼자서 결정할 사항도 아니기에 가족분들도 같이 부른 것입니다."

유세천이 본론을 꺼냈다.

"그게 무엇인지……?"

임소령이 약간 긴장한 눈으로 물었다.

한 가문을 대표하는 가주가 하는 부탁이라면 결코 가볍지 않을 것이기 때문이다.

"그동안 국주님을 겪어본 바, 신중한 성품과 뛰어난 무공은 정말 감탄을 금할 수가 없었습니다. 그래서 감히 부탁드리고 싶은 것은… 국주께서 당분간 우리 유검가의 검대 하나를 맡아주었으면 하는 것입니다."

유세천은 어렵게 말을 꺼냈다.

이곳 유검가에서 검대주 신분은 가신 집안의 가주였다.

하유걸 가족이 비록 객식구로 이 집에 머물고 있지만 유한성과의 관계를 생각한다면 어렵기 그지없는 손님이었다. 또 차후 유한성이 하수린과 결혼을 한다면 사돈 집안이 될 수도 있었다. 그런데 하유걸에게 검대주 자리 하나를 맡으라는 것은 사돈에게 가신 가문이 되라는 말과 같았다.

"물론, 그 기간은 한정적으로 하겠습니다."

유세천이 덧붙였다.

어렵고 조심스런 부탁이었지만 최근 명성이 높아지며 유검가의 검대원이 삼 할은 더 늘어났기에 검대 하나를 더 편성해야 할 필요성이 절실했다. 그리고 그 검대주로 하유걸만 한 적격자가 없었다.

유세천의 부탁에 하유걸의 눈이 형형하게 빛났다.

"가주께서 제게 그런 부탁을 하시며 어떤 부담을 느끼고 계신지도 잘 알겠습니다. 하지만 가주님의 부탁은 제 개인적으로는 오히려 바란 일이기도 했습니다. 제 가문을 무너뜨리고 저희 가족에게 큰 아픔을 준 놈들에게 복수하고 싶지만 힘이 없어 속으로만 삭이고 있었지요."

말을 맺음과 함께 하유걸은 임소령을 비롯한 세 아들을 쳐다보았다.

"내 생각은 그렇지만 당신과 너희의 의견도 무시할 순 없는 일이지. 그리고 모두 반대를 한다면 나도 따르도록 하마."

하유걸이 부인 임소과 아들들의 의견을 물었다.

"저도 찬성이에요. 검대를 이끌고 우리 집을 무너뜨린 놈들을 기필코 처단해 주세요."

임소령이 입술을 깨물며 말했다.

"저희도 찬성입니다. 그리고 저희도 아버지가 이끄는 검대의 검대원이 되어 놈들을 베겠습니다."

하정현이 동생들의 의견을 물은 후 강하게 고개를 끄덕였다.

"고맙구나. 그렇다면 나도 뜻을 굳히마."

하유걸은 고개를 끄덕인 후 유세천을 쳐다보았다.

"제 뜻도 그렇고 가족들의 생각도 마찬가지이니 가주의 제안은 받아들이도록 하겠습니다."

하유걸이 강한 어조로 대답했다.

"하하하! 정말 고맙습니다, 국주님! 이 몸, 천군만마를 얻은 것 같습니다. 검대 구성 및 대주직 위임 등의 일은 세강이에게 맡겨놓을 테니 오늘은 밤새 술을 마셔봅시다. 그동안 술본 지가 오래되어 뱃속의 술벌레들이 아우성을 치는구려. 하하하!"

유세천이 호쾌한 웃음을 터뜨렸다.

"그렇게 하시지요."

하유걸도 미소와 함께 고개를 끄덕였다.

그러나 그 술자리는 바로 이루어지지 못했다.

급한 발걸음 소리와 함께 유세강이 집무실로 달려왔다.

집무실에 당도하기도 전에 먼저 집무실에 가 있던 유세강이 달려왔다.

"무슨 일인가?"

유세천이 들뜬 기분을 가라앉히고 물었다.

문을 부술 듯 박차고 달려 들어온 유세강의 표정이 심상치 않았다.

"흑도 방파가 구천련(九天聯)이라는 조직 아래에서 하나로 뭉쳤다는 보고가 들어왔습니다."

유세강은 손에 든 종이를 펼쳐들며 고함을 치듯 말했다.

"구천련?"

유세천과 하유경은 서로를 쳐다보았다.

전혀 생소한 이름이었다.

"자세히 말해보아라."

유세천도 목소리를 높였다.

"녹림과 장강수로채를 제외한 대부분의 흑도방파가 포함이 되었습니다."

유세강이 숨을 헐떡이며 말했다.

"뭔가 이건?"

유세천이 눈살을 찌푸렸다.

이제껏 흑도가 이렇게 신속하게 뭉친 적은 없었다.

놈들은 정파를 상대하기보다는 자기들끼리 싸우느라 더 많은 시간을 빼앗기는 존재들이었다.

아주 드물게 흑도에서 절대강자가 나타나 완벽한 무력으

로 그들을 복속시켜 뭉치게 했지만 최근 그런 조짐도 보이지 않았다.

그런데도 이렇게 순식간에 흑도가 하나로 모인 것은 정말 의외였다.

"정보는 정확한 것이냐?"

유세천이 믿어지지 않는 눈으로 물었다.

"개방과 하오문에서 동시에 들어온 정보입니다."

유세강이 단언하듯 말했다.

그렇다면 의심할 나위 없는 정보였다.

하긴, 그동안 우후죽순처럼 수많은 흑도방파가 생겨나긴 했었다. 세상이 혼탁하여 그런 것인 줄 알았는데 그 모든 흐름은 누군가 보이지 않는 손에 의해서라는 것이 드러난 것이다.

"구천련이란 이름으로 본다면 련주도 있을 터, 누구라고 하더냐?"

유세천이 다시 물었다.

"그건 모릅니다. 흑도의 대부분 방파가 구천련으로 뭉쳤다는 소식은 확실합니다만 그 외 다른 것은 모두 오리무중입니다."

"그런데 어떻게 확실하다고 할 수 있는 것이냐? 그냥 뜬구름 같은 소문이 아니냐?"

유세천은 반신반의 하는 표정이 되었다.

"흑도팔황(黑道八荒) 중 두 사람인 흑풍신도(黑風神劍) 곽상(郭尙)과 대파산창(大波散槍) 나백홍(羅佰泓)이 직접 수결한 격문(檄文)이 여러 곳에 나붙었다고 합니다.

유세강이 손에 든 서찰을 쳐다보며 답했다.

흑도팔황(黑道八荒)은 현 흑도에서 가장 강한 여덟 명의 절정고수를 이르는 말이었다.

누가 그들의 서열을 정했는지는 모르지만 그들은 흑도에서 가장 강한 여덟 고수로 자리매김하고 있었다.

일황은 녹림십팔채의 채주 파천묵도(破天墨刀) 궁도학(窮到虐)이었다.

누가 뭐래도 흑도의 제일세력은 녹림십팔채였다.

십팔만리에 이르는 드넓은 중원의 녹림을 차지하고 그곳을 지배하는 그들은 십만대산채라 불릴 정도로 많은 인원과 숨은 고수들로 인해 흑도의 제일좌를 차지하고 있었다.

그들 녹림의 하늘인 파천묵도 궁도학은 한 자루 묵빛 장도를 독문병기로 사용하는데 그 묵빛 장도에서 뻗어 나오는 도기는 천년거암도 가를 만하다고 했다.

이황은 장강수로를 지배하는 장강십팔채의 채주 조룡철간(釣龍鐵竿) 막진월(莫震月)이었다.

황하와 함께 중원을 동서로 가로지르는 장강의 곳곳에 자리 잡은 장강수로채는 그 규모나 인원에 있어서는 녹림에는 조금 못 미칠지는 몰라도 다른 면에서는 녹림과 버금가는 힘을 갖추고 있는 곳이다.

조룡철간 막진월은 쇠로 된 낚싯대를 귀신같이 휘두르는 고수로 삼 장에 이르는 긴 낚싯대는 웬만한 고수는 접근조차 불가능하게 했고, 또 그 낚싯대에 달린 은사는 이름난 보검이라 할지라도 무 베듯 싹둑 잘라 버린다고 했다.

삼황은 대파산창(大波散槍) 나홍백(羅泓佰)이었다.

그는 한 자루 창으로 거대한 파도를 일으키는 것과 같은 위력을 발휘하며 강북 흑도에서 악명이 자자한 대마두였다.

사황은 흑풍신도(黑風神劍) 곽상(郭尙)이었다.

그는 복건성 출신으로 서른에 복건성의 흑도를 통일하고 복건성의 야황이 된 무인이었다.

보통의 검보다 한 자는 더 긴 장검이 독문병기인 그는 수많은 전투에서 한쪽 눈을 잃어 독안장검(獨眼長劍)이란 별호로 불리기도 했다.

오황은 귀왕곡주 무영객(無影客) 야소진(夜消震)이었다.

귀왕곡은 사천성 오지에 자리한 절곡으로 자객들의 은신처였다.

그곳의 곡주인 야소진에 대해서는 별호 외 아무것도 알려진 것이 없었다. 독문병기는 물론, 어떤 무공을 쓰는지도 몰랐다.

하지만 그는 흑도 팔황 중 다섯 번째 자리를 차지하고 있었다.

육황은 포룡수(捕龍手) 위손학(委巽鶴)이었다.

조법의 달인으로 그의 손가락은 화강암 바위도 뚫고 들어간다고 했다.

칠황은 철사혈인장(鐵砂血印掌) 조금천(趙琴踐)이었다.

장법의 고수로 그의 일장이 격중된 곳에는 핏빛 손자국이 생긴다.

보통은 그 자리에서 즉사하지만 살아남았다 하더라도 나중에는 그 손자국이 썩어 들어가며 죽고 만다.

흑도팔황의 마지막 자리를 차지한 팔황은 귀명권(鬼鳴拳) 손추하(孫錐河)였다.

별호에서 알 수 있듯이 권법의 고수로 그가 주먹을 날리면 귀신의 울음소리가 터져 나온다고 해서 붙여진 별호였다.

"놈들이 미쳤군."

유세천이 혀를 찼다.

미치지 않고서야 그 두 놈이 하나의 조직에 복속되지 않을 것이다.

"놈들뿐만 아니라 세상이 미쳐 날뛰고 있지요. 그 조짐은 한참 전에 있었고……."

하유걸이 납처럼 무거운 음성으로 대꾸했다.

"정호회 타격대는 어떻게 되어가고 있느냐?"

구천련의 탄생을 기정사실로 받아들인 유세천이 빠르게 물었다.

"조직의 확충과 함께 예전에 비해 두 배로 불어난 인원을 한성이 그 아이가 혹독하게 훈련을 시키고 있다 합니다."

유세강이 답했다.

"그래? 훈련 중이라도 경계를 철저히 하라고 전해라. 그리고 금천표국을 통해 인근 무가에도 이 사실을 알리고 만반의 준비를 하도록 해라."

"알겠습니다!"

유세강이 얼른 답하며 밖으로 나갔다.

第八十章

후기지수

"으아아! 지옥이 따로 없구나!"

"차라리 날 죽여라!"

넓은 들판에서 연방 비명 소리들이 울려 퍼졌다.

정호회 타격대 청년들이 쏟아내는 비명이었다.

그들은 앞에 보이는 산꼭대기까지 달려갔다 오며 게거품을 물고 있었다.

대부분 삼류의 수준은 이미 넘어선 청년들이기에 경공을 펼치면 산꼭대기까지 달려갔다 되돌아오는 일은 그리 어려운 것도 아니다. 그러나 지금은 본신 내력의 일 할만 사용하며 달려갔다 오기에 거품을 물 수밖에 없었다.

참혼대와 함께 온 장현방 놈들과 대접전을 벌인 그날 오후
부터 유한성은 정호회 타격대의 훈련을 시작했다.

설마 전쟁을 벌인 그날부터 훈련을 할까 싶어 방심하고 있
던 청년들은 어이가 없는 표정들을 했지만 유한성은 단 한 치
의 틈도 보이지 않고 대원들을 내몰았다.

제일 먼저 한 훈련은 마보수련이었다.

오전에는 마보를 취하며 버티는 수련을 하고 오후에는 산
꼭대기까지 왕복 구보를 하며 수련을 하였다.

가장 단순무식한 수련이었다. 그러면서 그 수련 중에 내력
은 일 할만 사용해야 했다.

그런 수련은 무공에 입문하던 어린 시절에 이미 끝낸 청년
들은 어안이 벙벙한 표정이었지만 유한성의 엄명이니 따를
수밖에 없었다.

"아이고! 이게 무슨 생사람 잡는 짓이냐. 청해마검의 제자
라고 해서 오묘한 무리(武理)라도 한 가지씩 던져줄 줄 알았
더니 완전 개몰이가 아니냐?"

뒤쪽에서 약간 처져 뛰어오는 청년이 고함을 질렀다.

"누가 아니래. 이런 단순 무식한 훈련은 내 평생 처음이
다."

앞쪽의 청년도 맞장구를 쳤다.

"이게 바로 청해마검식 지옥 수련법이다. 잔소리 말고 어
서 뛰기나 해라!"

뒤쪽의 한 청년이 속도를 높이며 앞으로 치고 나갔다.

"저 미친 놈!"

추월당한 청년들이 고함을 질렀다.

"우리가 언제까지 이런 말도 안 되는 수련을 받아야 하죠?"

건물 밖의 잣나무 숲 한쪽 공간에서 한 여인이 눈에 쌍심지를 돋우며 말했다.

황보세가의 여식인 황보세화(皇甫洗和)였다.

다른 세가의 자제들과 마찬가지로 그녀 역시 무림맹의 지시에 의해 신분을 숨기고 정호회 타격대에 스며들었다.

처음에는 청해마검의 제자를 만난다는 생각에 기대도 컸고 신분을 숨긴 채 무림맹의 중요한 임무를 수행한다는 생각에 자부심도 넘쳤다. 그런데 오자마자 이런 무식한 훈련을 받고 있으니 기가 막히다 못해 이젠 부아가 치밀어 견딜 수가 없었다.

"그러게 말이오. 이건 뭐 걸음마를 다시 배우는 것도 아니고, 참!"

하북팽가의 팽진오(彭眞梧)도 어이가 없다는 표정으로 혀를 찼다.

각자 신분을 숨기고 스며들어 지금까지는 의도적으로 서로 멀리했기에 이렇게 모두 모인 적이 없었다. 그러나 연일 계속된 단순 무식한 훈련에 더 이상 참을 수 없다며 황보세화가 먼저 나서서 각각에게 전음을 날렸고 은밀하게 모인 것이다.

"뭐… 좋지 않소? 옛 기억을 되살리며 대자연을 벗 삼아 마음껏 뛰어다니기도 하고."

진주언가의 언유인(彦流仁)이 빙글거리며 끼어들었다.

"그게 말이나 되는 소리요? 팽 공자 말대로 우리에게 이런 훈련은 걸음마를 다시 배우는 것과 마찬가지 않소?"

산서 철가장의 장남 철사윤(鐵思倫)도 고함을 질렀다.

"누가 듣겠소. 그러니 목소리를 낮추시오. 이렇게 같이 모이는 것만으로도 위험하오."

남궁성민(南宮星閔)이 차분한 음성으로 분위기를 가라앉히려 했다.

그는 무림맹의 총관 남궁정한의 아들로 아버지를 닮아 여유롭고 온화했다.

"들으려면 들으라고 하지요. 여기 모인 사람들 모두 같은 생각일 테니까."

사마세가의 사마소정(司馬素貞)도 눈꼬리를 치켜 올리며 새된 소리를 질렀다.

"우리의 본분을 잊지 마시오. 우리 임무는 어디까지나 이곳에서 있는 듯 없는 듯 지내다가 홍화교 놈들이 나타나면 그들의 종적을 추적하는 것이오. 그러려면 어떤 일이 있어도 돌출된 행동은 하지 말고 죽은 듯 지내야 하오."

남궁성민이 다시 분위기를 누그러뜨렸다.

"하지만 이젠 더 이상 참을 수가 없소. 벌써 열흘째 똑같은 훈련을 하고 있잖소. 아무리 정체를 숨기고 있는 것이 임무지만 도저히 못 참겠소. 아무래도 대주라는 사람, 누굴 가르치는 데는 전혀 소질이 없는 것 같소."

철사윤이 분통을 터뜨렸다.

"그건 철 공자님 말이 맞는 것 같아요. 어릴 때부터 산속에서 수련만 한 사람이 무얼 알겠어요. 아무 생각 없이 무식한 두 가지 수련법을 반복적으로 시키고 있는 것이 분명해요."

사마소정이 철사윤의 말에 동조하며 크게 고개를 끄덕였다.

"더 이상은 도저히 이런 병신 같은 훈련은 받을 수 없소. 내일은 누구라도 나서서 중지시켜야 할 것 같소."

철사윤이 내친김이란 듯 거침없이 말했다.

"그렇게 합시다. 내가 말하겠소."

팽진오가 결심한 듯 나섰다.

"말만 꺼내시오. 그 다음부터는 우리 모두 나서서 돕겠소."

언유인이 콧김을 내뿜었다.

다른 사람들 역시 같은 생각인지 고개를 끄덕였다.

"그런데 한 가지 걸리는 것이 있소."

이제까지 신중한 눈빛으로 침묵을 지키고 있던 제갈신우(諸

葛伸宇)가 말문을 열었다.

그 역시 무림맹 군사 제갈진의 아들이었다.

"걸리는 것이라니? 그게 무슨 소린가요?"

황보세화가 조심스럽게 물었다.

평소 제갈신우의 신중함과 총명함을 익히 알고 있는 그녀는 처음에 비해 많이 누그러진 목소리였다.

"대주라는 사람… 우리가 생각하는 것과 달리 매의 눈보다 더 날카로운 눈을 가졌을지도 모른다는 생각이 드는 바이오."

"무슨 근거라도 있는 것이오?"

남궁성민이 깊은 눈빛과 함께 제갈신우를 쳐다보았다.

"그건 또 무슨 소린가요?"

사마소정도 이마를 찌푸리며 제갈신우를 쳐다보았다.

"어쩐지 그 사람… 우리의 정체를 이미 파악하고 있는 것 같다는 생각이 들었소. 그래서 우리를 단 한 사람도 섞이지 않게 각각 다른 조에 편성한 것 같소."

제갈신우가 눈을 가늘게 뜨며 말했다.

"그건 우연일수도 있지 않소?"

"그럴 수도 있지요. 그래서 조금 다른 각도로 살펴봤더니……."

"그랬더니?"

"각 조의 인원 편성이 기가 막힌다는 생각이 들었소. 마치

산판으로 셈을 하듯 말이오."

제갈신우가 눈을 더 가늘게 뜨며 말했다.

"좀 쉽게 말해보시오."

철사윤이 목소리를 높였다.

"만약 각 조 인원들의 무공 수준을 등급으로 매겨 그 등급을 모두 합하면 모든 조가 똑같은 숫자가 나올 것 같소."

제갈신우는 최대한 쉽게 설명했지만 다른 사람들은 제대로 알아듣지 못하고 눈동자만 굴렸다.

"그러니까 제갈 공자의 말은 대주라는 사람이 그동안의 훈련과정에서 개개인의 능력을 정확히 간파한 후 모든 조가 거의 같은 무공수준이 되도록 인원 배정을 했다는 말이오?"

남궁성민이 반신반의하는 표정과 함께 물었다.

"아마도."

제갈신우가 고개를 끄덕였다.

"그건 말도 안 되는 소리요. 어떻게 개개인의 무공 수준을 그렇게 정확히 읽고 배치를 한단 말이오. 무슨 신안(神眼)을 가진 것도 아닐 텐데."

팽진오가 고개를 가로저었다.

"맞아요. 그건 불가능해요. 무공을 감춘 사람도 있고… 모두 드러냈다 하더라도 그걸 어떻게 정확히 읽고 전체의 합을 균일하게 맞춘단 말인가요."

사마소정도 완강히 고개를 저었다.

"내 느낌은 그렇소."

제갈신우는 자신의 뜻을 굽히지 않았다. 그러나 다른 사람은 절대로 믿을 수 없다는 표정과 함께 여전히 눈에 쌍심지를 돋우었다.

"어찌됐던 더 이상은 이런 의미 없는 수련은 받을 수 없어요. 우리는 물론이고 다른 사람들에게도 도움이 되지 않을 것 같구요."

황보세화가 단호하게 말했다.

"어쩌면 너무 잘 적응하며 땀방울 하나 흘리지 않고 훈련을 받는 것보다 쉽게 밑천을 드러내는 것처럼 행동하여 놈들의 이목을 속이는 것도 괜찮다고 봅니다."

언유인이 거들었다.

"알겠소. 정 그렇다면 지금 내가 대주에게 가서 말해보겠소."

남궁성민이 어쩔 수 없다는 듯 고개를 끄덕였다.

"그렇게 하시오. 만약 관철되지 않으면 그 다음으로 내가 나서서 강력하게 말하겠소."

팽진오가 주먹을 쥐며 말했다.

"나도 동참하겠소."

철사윤도 목소리를 높였다.

"어쨌든 절대로 경거망동하지 마시오. 우리가 맡은 임무가 막중하오."

정색을 한 남궁성민이 다시 주의를 주었다.

＊　　　＊　　　＊

"언제까지 이런 식의 훈련을 할 생각입니까?"

유한성을 찾아 집무실로 온 남궁성민이 약간은 도전적인 음성으로 말했다. 그런 그의 태도에서 명가의 자제다운 기품은 전혀 찾아볼 수 없었다.

언유인의 말대로 그는 지금 밑천 짧은 삼류 무사 흉내를 내고 있었다.

넓은 집무실 탁자 앞에 혼자 앉아 있던 유한성은 아무 대답 없이 남궁성민을 쳐다보았다.

"생각보다 일찍 왔군."

잠시 후 유한성이 담담하게 말했다.

"뭐라… 고 했소?"

이해 안 되는 유한성의 반응에 남궁성민은 당황한 표정과 함께 유한성을 쳐다보았다.

"한 달은 견딜 줄 알았는데 반도 못 채웠군."

유한성이 다시 말했다.

"알아듣게 설명해 주시겠소?"

남궁성민이 당황했던 심정을 얼른 가라앉히고 차분하게 물었다.

"못 알아들을 만큼 멍청하진 않다고 생각하는데……."

유한성이 대꾸했다.

남궁성민은 잠시 말문을 닫고 있다가 입술을 움직였다.

"그러니까 대주님 말씀은 내가 이렇게 찾아올 줄 미리 알고 있었다는 말이오?"

남궁성민은 찌르듯이 유한성을 쳐다보았다.

그러나 그의 눈동자는 어지럽게 흔들리고 있었다.

"그렇소. 너무 가소로워 견딜 수 없었을 테니까."

유한성이 답했다.

"좀 더 쉽게 말해주시오."

남궁성민이 냉정을 되찾으며 말했다.

"사람들에겐 각자 풍기는 냄새가 있지요. 나 같은 산골 촌놈에게서 산골 냄새가 나고, 당신들 같은 사람들은 또 그런 냄새가 나지."

"당신들?"

남궁성민이 눈살을 찌푸렸다.

"이곳 타격대와 안 어울리는 냄새를 풍기는 사람들이 몇 있지. 남자 다섯, 여자 둘. 오늘 한 명이 더 들어왔으니 남자 여섯에 여자 둘인가?"

유한성이 구체적인 숫자까지 밝히자 남궁성민은 경호성을 지를 정도로 놀랐다.

무림맹의 지시에 의해 신분을 속이고 이곳에 스며든 사람은 분명 남자 여섯, 여자 둘이었다. 그리고 오늘 무당파에서 나머지 한 사람이 온다고 알고 있다. 아직 모습을 드러내지 않아 궁금했는데 유한성은 그마저도 파악하고 있었다.

'대체 이자는?'

남궁성민은 어지럽게 흔들리는 눈으로 유한성을 쳐다보았다.

밖에서 기감을 넓히며 두 사람의 대화를 듣고 있던 다른 사람들도 비명성이 새어 나오려는 자신의 입을 손으로 틀어막았다.

"앞으로 몇 명이나 더 가세할 생각이오?"

유한성이 단도직입적으로 물었다.

남궁성민은 말문이 막혀 잠시 아무 말도 하지 못했다.

나름대로 철저히 숨겼다고 생각했다.

기도도 죽였고 행동거지 하나에도 극도의 신경을 썼다. 또한 전부 한자리에서 만난 것은 오늘이 처음이다. 그런데 이자는 속에 들어갔다 나온 것처럼 정확히 파악하고 있다.

매처럼 날카로운 눈으로 이미 모든 걸 파악하고 있을지도 모른다는 제갈신우의 말이 떠올랐다.

그 말이 맞았다.

'대체 어떻게?'

남궁성민은 쉽게 납득이 가지 않았다.

자신이 마음먹고 기도를 숨기면 제대로 알아차릴 수 있는 사람은 얼마 되지 않는다.

자신의 부친 정도나 가능할까?

그렇다면 이자는 부친만큼 고수란 말인가?

남궁성민은 머릿속이 온통 헝클어지는 느낌에 세차게 머리를 흔들었다.

"이럴 땐 무슨 말부터 해야 하나……."

유한성의 매서운 눈매에 더 이상 숨기는 것은 불가능하다는 것을 느낀 남궁성민이 긴 한숨과 함께 말했다.

"사실 아직도 대주의 말이 믿어지지 않소."

남궁성민이 고개를 흔들었다.

유한성은 아무 말 없이 잠시 남궁성민을 쳐다보았다.

"그 정도 수준이면 중원 십대세가의 자제는 될 듯한데……?"

유한성이 담담히 말했다.

남궁성민은 다시 말문이 막혀 대답을 하지 못했다.

"밖에 있는 사람들도 모두 들어오라고 하시오."

유한성이 밖을 향해 말했다.

"이거 참!"

남궁성민은 고개를 절레절레 흔들며 입맛만 다셨다.

잠시 후 밖에서 엿듣고 있던 청년들도 들어왔다. 그들의 눈동자도 아까 남궁성민이 그랬던 것처럼 심하게 흔들리고 있었다.

"앉으시오."

유한성이 자리를 권한 후 차를 따랐다.

"본명들부터 밝히겠소?"

차를 한 모금 마신 후 유한성이 일곱 청년들을 쳐다보며 말했다.

"그건……."

언유인이 거짓말을 꾸미려다 입을 다물었다.

이미 정체가 구할 이상 드러났는데 본명을 밝히고 안 밝히고는 문제가 되지 않았다.

"대체 어떻게 알았나요?"

사마소정이 도저히 믿어지지 않는다는 표정으로 물었다.

"아까 말했을 텐데… 사람마다 풍기는 냄새가 있다고……."

"그것으로는 설명이 되지 않아요."

황보세화도 고개를 흔들며 목소리를 높였다.

"그렇다면 당신들 중에 첩자가 있든지."

유한성이 피식 웃으며 말했다.

"그건 더 말이 안 되는 얘기요."

언유인이 나섰다.

"어쨌든 당신들은 한꺼번에 이곳에 있지. 다른 한 사람 역시 지금 불러올 수도 있고."

유한성이 조금 차갑게 말했다.

다들 아무 말이 없었다.

어떻게 자신들을 찾아냈는지 궁금하기 짝이 없었지만 유한성의 말대로 자신들은 한꺼번에 유한성 앞에 이렇게 서 있었다.

그건 자신들이 완전히 드러났고 계획이 완전히 틀어졌다는 뜻이기도 했다.

"우릴 어떻게 할 생각이오?"

제갈신우가 냉철한 눈으로 말했다.

어떻게 알아챘는지는 중요하지 않다. 이미 정체가 밝혀진 이상 앞으로 어떻게 해야 할지 그것이 더 중요하다.

"어떻게 해주었으면 좋겠소?"

유한성이 흐릿한 미소와 함께 되물었다.

잠시 아무도 대답을 하지 못했다. 갑작스런 상황에 놀라 대처할 방법은 생각할 겨를이 없었다.

"모른 체해 주면 안 되겠소?"

제갈신우가 제안했다.

"무얼 모른 체해 달라는 말이오?"

유한성이 날카로운 눈으로 제갈신우를 쳐다보았다.

제갈신우는 전신으로 바늘이 날아드는 것 같은 느낌에 자신도 모르게 내력을 끌어올렸다.

"그러니까……."

"우리가 하는 모든 일을 말이오."

남궁성민이 대신 나서며 말했다.

"그러려면 최소한 당신들이 누군지 정도는 알아야 하지 않겠소? 정인군자인지 양상군자인지……."

"양상군자라면요?"

황보세화가 날카로운 목소리와 함께 나섰다.

중원 청년들이 모두 우러러보는 자신들이 양상군자와 같은 반열에 놓이는 것은 참을 수가 없었다.

"베어야지."

유한성이 한 치 망설임도 없이 답했다.

"베겠다……? 하!"

팽진오가 헛바람을 토했다.

"못할 것 같나?"

유한성이 가장 나이 어린 팽진오를 노려보았다.

팽진오는 온 혈맥 구석구석 바늘이 쑤시고 드는 느낌에 진저리를 쳤다.

"말이 짧군요."

사마소정이 목소리를 높였다.

"양상군자들일지도 모르니까. 아니더라도 여기 있는 이상, 당신들은 내 부하들이지."

쉬익―

파공음과 함께 주먹이 날았다.

자신들이 누군지 모르고 천방지축으로 설치는 유한성을

향해 따끔한 경고를 할 심산으로 언유인이 기습적으로 주먹을 날린 것이다.

그의 주먹에서 언가권의 절초인 배운철권(排雲鐵拳)이 펼쳐졌다.

살기는 실려 있지 않았지만 관자놀이 한 곳은 푹 꺼지게 할 만한 힘이 실려 있었다.

그러나 주먹의 궤적에는 아무것도 없었다.

한 발 앞서 고개를 젖힌 유한성이 손끝으로 언유인의 겨드랑이에 있는 극천(極泉)혈을 찍었다.

"큭!"

언유인이 짤막한 비명과 함께 무너졌다.

"망할!"

팽진오가 도를 휘둘렀다.

언제 뽑혀 나왔는지, 어떤 궤적으로 날아들었는지 보이지도 않았는데 칼날은 어느새 유한성의 목에 다다르고 있었다.

따앙―

붓대가 도신을 두드리며 강한 금속성이 울렸다.

어느새 유한성은 탁자에 있는 붓을 들어 팽진오가 휘두른 도신을 두드린 것이다.

도가 위로 튕겨 오르는 순간 팽진오의 표정이 핼쑥하게 변했다.

도신을 타고 전해진 막강한 충격파가 어깨를 탈골시킬 것 같았기 때문이다.

핼쑥하던 팽진오의 얼굴이 벌겋게 달아올랐다.

중원 십대세가를 벗어나 본 적이 없는 대하북팽가의 도를 붓대로 쳐 내다니?

이를 악문 팽진오는 불끈 내력을 돋우며 튕겨 오른 도를 일도양단의 기세로 내리그었다.

쉬이익—

섬뜩한 음향이 도신에서 터져 나오며 대기가 산산이 갈라졌다.

하북팽가의 독문도법인 오호단문도법(五虎斷門刀法)이 펼쳐지며 터져 나오는 파공음이었다.

대대로 근골이 뛰어난 하북팽가의 도법답게 그것을 펼치는 팽진오의 도에는 거암이라도 두 쪽 낼 만한 패력이 담겨져 있었다.

그러나 결과는 처음과 별로 달라지지 않았다.

파꽉—

한발 앞서 상체를 튼 유한성이 붓대로 팽진오의 손목을 때렸다.

"크윽!"

팽진오는 단말마의 신음을 토했다.

손목이 박살 나는 것 같은 통증이 전해졌다.

쇠몽둥이에 맞았다 하더라도 이런 통증은 느낄 수 없을 것 같았다.

자연 손에 힘이 풀리며 감각마저 없어졌다.

쨍!

팽진오의 도가 바닥에 떨어졌다.

그 순간 입술을 꼭 다문 사마소정이 검을 뽑아 유한성을 향해 쾌속하게 찔러 들었다.

처음부터 이럴 생각은 전혀 없었지만 같은 십대세가의 자손인 언유인과 팽진오가 너무 쉽게 제압당하는 상황에 반쯤 이성을 잃은 돌발적인 행동이었다.

채앵—

탁자 옆에 세워둔 적운검을 뽑은 유한성이 사마소정이 찔러오는 검을 쳐 냈다. 동시에 탁자를 걸어차 검을 휘두르며 함께 달려드는 철사윤의 가슴으로 날려 보냈다.

단순히 걸어찬 탁자에 거대한 바위처럼 무거운 기운을 담겨 있음을 느낀 철사윤이 대경한 표정과 함께 내력을 모조리 끌어올리며 세차게 검을 휘둘렀다.

파파팍—

탁자가 수십 조각이 나며 허공으로 튀어 올랐다.

그것은 차라리 폭발하는 것 같았다.

걸어찬 탁자에 실린 기운과 철사윤의 검에 실린 기운이 부딪치며 탁자를 폭발시킨 것이다.

"하앗!"

철사윤이 고함을 지르며 다시 검을 휘둘렀다.

그러나 유한성은 이미 그 자리에 없었다.

탁자를 걷어참과 동시에 의자에 앉아 의자와 함께 뒤로 주르르 물러난 유한성은 적운검을 쳐올렸다.

쟁강—

철사윤의 검이 비명을 질렀다. 그러고는 여러 조각으로 터져 나갔다.

허공에서 탁자가 터져 나가는 것과 흡사한 모습이었다.

대경한 남궁정민과 제갈신우가 급히 호신강기를 끌어올리며 손을 흔들어 검 조각들을 쳐 냈다.

파파팟—

검조각이 비명을 지르며 벽에 박혔다.

철사윤은 전의를 상실한 채 멍하니 박살 난 자신의 검만 쳐다보고 있었다.

수천 번을 두드려 만든 청강검이 박살이 나다니?

이건 목이 달아나는 것만큼 충격적인 일이었다.

쉬이익—

적운검이 다시 대기를 가르며 황보세화와 사마소정이 휘두르는 검을 동시에 쳐 나갔다.

사마소정에 이어 황보세화까지 가세하며 검을 휘둘렀기 때문이다.

휘리릭—

유한성의 적운검과 부딪치려는 순간 검초를 변화시킨 사마소정이 유한성의 가슴을 향해 검을 찔러 넣었다.

사마세가의 오랜 전통이 스며든 웅혼하고도 신랄한 검초였다.

비록 여인인 사마소정이 펼쳤다고는 하나 어렸을 적부터 수만 번을 갈고 닦은 검초에는 철판도 뚫을 만한 예기가 실려 있었다.

그러나 이 갑자를 훌쩍 뛰어넘는 내력을 간직한 유한성이었다.

적운검을 그대로 맞부딪친다면 사마소정은 큰 내상을 입을 것이다.

유한성은 적운검을 미세하게 꺾어 황보세화의 검을 휘어감은 후 사마소정을 향해 휘둘렀다.

쨍!

황보세화의 검이 사마소정의 검을 쳐 냈다.

두 자루의 검이 부딪치는 순간 유한성의 적운검은 어느새 두 사람의 목을 한꺼번에 잘라가고 있었다.

"그만!"

남궁성민이 고함을 지르며 손을 앞으로 쭉 뻗었다.

언제 꺼내들었는지 그의 손에는 한 자루 부채가 들려 있었다. 겨울이 깊어가는 시절에 어울리지 않는 물건이었다.

그런 부채는 더위를 쫓는 용도보다는 필요시에 슬쩍 펼쳐 얼굴을 가리는 용도로 쓰이거나, 부챗살을 강철로 만들어 무기를 대신하는 병기 역할도 했다.

남궁성민의 부채는 후자였다.

치이잉—

유한성의 검을 막아가는 부채에서 무거운 진동음이 일었다.

유한성은 기다렸다는 듯이 검을 틀어 남궁성민의 어깨를 잘라갔다.

남궁성민이 깜짝 놀라며 부채를 흔들어 검을 막았다.

그러나 이번에도 유한성은 한발 앞서 검을 틀며 남궁성민의 목을 찔러왔다.

'이런!'

남궁성민이 속으로 신음을 토했다.

마치 예상하고 있었다는 듯한 반응!

그리고 한발 앞선 궤적의 변화!

단 두 합이었지만 마치 허공을 상대한 것 같았다.

촤아악!

남궁성민은 부채를 활짝 펼치며 유한성의 검을 쳐올렸다.

이번에도 유한성의 검은 한발 앞서 검초를 변화시키며 남궁성민의 명치를 찔러오고 있었다.

'커억!'

물을 잘못 마셔 사래가 들리듯 숨이 컥 막히는 기분과 함께 남궁성민은 불식간에 뒤로 물러섰다. 그사이 유한성의 검은 애초에 베어가던 두 여인의 목에 닿은 채 검신으로 두 여인의 턱을 한꺼번에 밀어올리고 있었다.

"이제 보니 양상군자들이었군. 그럼 베어야지!"

유한성이 가차없이 검을 그어 내릴 자세를 잡았다.

"전 황보세화예요!"

황보세화가 먼저 비명처럼 외쳤다.

새파랗게 질린 그녀의 표정은 이지를 상실한 것 같았다.

"당신은?"

검을 조금 내린 유한성이 사마소정을 향해서 질문을 던졌다.

"사마소정이에요."

사마소정이 입술을 깨문 채 답했다.

황보세화와 마찬가지로 파랗게 질린 그녀의 얼굴에는 망연한 허탈감이 번져 나갔다.

"양상군자가 아니라 명문세가의 후예들이란 말이군."

유한성은 두 여인의 목에 대고 있던 검을 완전히 아래로 내렸다. 그리고는 일곱 청년들을 한꺼번에 쓸어 보았다.

목이 달아난 것보다 더한 수치심에 팽진오가 볼살을 파르르 떨며 유한성을 노려보았다.

도마저 떨어뜨린 그는 만약 혼자만 당했다면 자결을 하고 싶었을 것이다.

숨이 트인 남궁성민은 아직 자신에게 일어난 일을 제대로 파악하지 못하며 어리둥절해 하고 있었다.

숨을 잘 못 쉬다니?

세 살 때 처음 무공에 입문하면서나 저지를 일이었다.

절정을 넘어선 이후에는 주화입마에 걸리는 순간에나 일어날 법한 일이었다.

대체 어떻게 그런 어처구니없는 실수를 한 것일까?

혼란에 휩싸인 남궁성민은 동료들이 어떤 상황인지도 인식하지 못한 채 내부로만 침잠해 들었다.

"대주님! 무슨 일이십니까?"

밖에서 여러 개의 발걸음 소리와 함께 목소리가 들렸다.

도검이 부딪치는 소리를 듣고 달려온 타격대 대원들이었다.

"뜻있는 대원들과 함께 잠시 검로를 연구하는 중이었소. 개의치 마시오."

유한성이 담담한 음성으로 답했다.

"그렇습니까? 그렇다면 미리 말씀이라도 해주시지. 휴우—"

누군가 긴 한숨을 내쉬었다.

"그것 봐. 죽으려고 환장하지 않은 이상 누가 대주님 집무실에 쳐들어갔겠어."

목소리들과 함께 발소리도 멀어져 갔다.

"당신들은 여전히 가명을 쓰시겠소?"

유한성은 남궁성민과 제갈신우를 보며 물었다.

"제갈신우라 하오."

제갈신우가 먼저 답했다.

그는 애초부터 유한성을 공격할 생각도 없었고 대결 도중에 격정에 휘말리지도 않았다. 오히려 동료들과 유한성의 한바탕 대결을 보며 서로의 무공수위를 가늠하는 냉정함마저 내보였다.

제갈신우의 이름을 들은 유한성은 눈 사이를 좁혔다.

출관한지 일 년도 되지 않았고 무림에 관한 견문도 짧았지만 천하의 제갈세가를 모를 리 없었다.

그런 제갈세가의 자손이 이곳에 와 있었다.

목적이 무언지는 몰라도 가문의 위명에 걸맞을 만한 무게를 지니고 있을 것이다.

제갈신우를 잠시 쳐다본 유한성은 남궁성민에게 시선을 돌렸다.

그러나 남궁성민의 의식은 아직도 자신의 내부를 떠돌고 있었다.

"남궁 형!"

제갈신우가 남궁성민의 어깨를 흔들었다.

"으, 으응?"

남궁성민이 비로소 정신을 차렸다.

"남궁세가의 남궁성민 공자요."

제갈신우가 대신 답했다.

'점입가경이군.'

유한성이 속으로 중얼거렸다.

제갈세가에 이어 남궁세가까지…….

제갈세가도 제갈세가지만 세력이나 현재 무림에 미치는
영향은 남궁세가가 오히려 더했다.

이들이 한꺼번에 이곳까지 온 이유가 거듭 궁금해졌다.

유한성의 시선이 다른 사람에게로 향했다.

"팽진오요!"

"철사윤이요."

두 사람도 본명을 밝혔다.

그들 역시 만만치 않은 가문의 자손들이었다.

유한성의 시선이 마지막으로 언유인에게로 향했다.

제일 먼저 공격했다가 혈이 점해진 언유인은 일어나지 못
했다.

"이 친구는 진주 언가의 언유인이오."

제갈신우가 언유인의 혈을 틔워주며 말했다.

"젠장!"

혈이 풀린 언유인이 인상을 구긴 채 겨드랑이 쪽을 세차게
문질렀다.

아직도 점해졌던 혈이 얼얼하며 팔을 제대로 움직일 수가

없었다.

"우리만 개피 봤군!"

철사윤이 제갈신우를 원망스런 눈으로 쳐다보며 목소리를 높였다.

"그러기에 절대로 경거망동하지 말라고 했잖소!"

제갈신우가 눈에 칼날을 세워 세 사람을 쳐다보았다.

"빌어먹을!"

팽진오도 역정과 함께 입술을 씹었다.

그러면서도 그의 눈에는 거부할 수 없는 두려움 한 줄기가 스쳐 지나갔다.

눈을 새로 뜬 기분이었다.

도는 검에 비해 한참 더 무거운 중병기다. 또한 자신이 뿌린 도에는 바위라도 자를 만한 기운이 서려 있었다. 그런데 그것을 손가락 굵기의 대나무로 된 붓대로 튕겨 내고 떨어뜨리게 만들었다.

붓대가 도신을 때리는 순간의 충격은 수백 근 철퇴로 내려친 것 같았다. 뒤이어 손목을 때렸을 때는 손목이 자기 그릇처럼 박살 난 줄 알았다.

실상은 그렇게 독하게 손을 쓴 것 같지 않았다. 그런데도 그런 느낌이 든 것은 붓대를 타고든 서릿발 같은 내력 때문이었다.

단번에 온몸을 얼릴 듯, 아니, 터뜨릴 듯한 그 내력의 가공

함은 불식간에 몸서리를 치게 만들었다.

팽진오는 괴물을 보듯 유한성을 쳐다보았다.

사마소정과 황보세화도 아랫입술을 씹으며 뚫어져라 유한성의 얼굴을 쳐다보고 있었다.

같은 또래라면 사내라도 얼마든지 자신 있다고 생각했다.

그런데 몇 명이 합공을 하고서도 칼날에 목을 맡기는 신세가 되었다.

시퍼런 검인이 목에 닿았을 때의 그 섬뜩한 기분은 평생 잊지 못할 것 같았다.

그땐 정말로 죽음을 의식했었다.

만약 자신들이 정말 양상군자였다면 저 사내는 여자든 남자든 아랑곳 않고 그대로 목을 베었을 것이란 생각이 들었다.

그 단호한 손속과 비정한 독심에 자존심이 상할 시간마저 없었다.

두 여인은 여전히 아무 말도 못하고 유한성의 얼굴에만 시선을 고정시키고 있었다.

"이름들을 들어보니 절대로 이곳 타격대에 있을 사람들은 아니란 생각이 드는데… 그렇지 않소?"

일곱 청년들의 본명을 모두 들은 유한성은 다른 질문을 던졌다.

"이렇게 된 마당에 다 밝히리다."

남궁정민을 한 번 쳐다본 제갈신우가 그간의 사정에 대해 차분히 설명했다.

제갈신우의 설명이 끝난 후에도 유한성은 한참 동안 아무런 반응 없이 앉아 있었다.

"무림맹이라……."

침묵이 갑갑하다고 여겨질 즈음 유한성이 혼잣소리처럼 중얼거렸다.

그 목소리에 실린 알 수 없는 예기에 두 여인은 목을 움츠렸다.

"그런 곳이었군, 무림맹은……."

유한성이 다시 중얼거렸다.

낮은 음성이었지만 대지의 끝까지라도 뻗어 나갈 것 같은 신랄한 기운이 실려 있었다.

"무슨… 뜻이오?"

제갈신우가 조심스럽게 물었다.

마른 침이라도 삼키는지 그의 목울대가 크게 한번 요동쳤다.

"필요하다면 정호회 타격대쯤은 얼마든지 미끼로 이용할 수 있는 곳, 그런 곳이 무림맹이군."

유한성이 억양 없는 음성으로 말했다.

주변의 공기가 새벽녘의 들판에서보다 더 차갑게 얼어붙었다.

"그, 그런 게 아니오! 단지 우리는 놈들이 나타나면……."

"목숨을 바쳐 싸울 생각이었소?"

유한성이 차가운 눈으로 제갈신우를 노려보았다.

제갈신우가 소리 내어 침을 삼켰다.

"놈들의 본거지를 미리 찾아내면 나중에 흘릴 피를 훨씬 줄일 수 있소."

제갈신우의 말문이 막히자 남궁성민이 나섰다.

내부에서 일어난 파탄은 차후에 깊이 살펴볼 일이고 지금은 정신을 차리고 사태를 수습해야 했다.

"그 나중에 적게 흘릴 피는 당신들 피겠지. 우리 피가 아니라."

유한성이 조소와 함께 남궁성민의 말을 받았다.

"전쟁이 일어나면 누군가는 죽고 누군가는 살아요."

사마소정이 나섰다.

"그럼 당신들이 먼저 나서서 죽어보시오. 우린 살리고."

유한성의 대꾸에 더 이상 아무도 말을 못했다.

"미안… 해요. 우린 단지 놈들을……."

마침내 황보세화가 고개를 떨구며 말했다.

"당신들을 탓할 생각 없소. 우린 무림맹의 의사와는 상관없이 정주의 무림세가에서 자발적으로 만든 타격대이기도 하고……."

유한성은 호흡을 한 번 가다듬은 후 말을 이었다.

"그렇다고 당신들 놀음에 꼭두각시가 되고 싶은 생각은 더

더욱 없소. 오늘 새로 온 사람과 함께 떠나시오. 이제까지와 마찬가지로 당신들은 우리 타격대의 훈련이나 앞으로의 움직임에 방해만 되오. 몰랐으면 모르되 안 이상, 간과할 수 없소."

유한성이 자르듯 말했다.

남궁성민 등은 아무 말도 못하고 멍하니 서 있었다.

상황이 이렇게 흘러갈 줄은 꿈에도 생각지 못했다.

무림에서 손꼽히는 가문의 자제로 정주에서 자발적으로 만든 조직쯤은 눈 아래로 내려다 볼 수 있을 줄 알았다.

그런 차에 가소로운 훈련방식을 보고 속으로 한껏 비웃고 있었다.

그런데 이런 날벼락이라니?

세상은 넓고 기인이사는 모래알처럼 많다는 말이 떠올랐다.

"한 번만 더 고려해 주시오."

제갈신우가 자존심을 꺾고 나섰다.

자존심을 세우기에 맡은 임무가 너무 막중했다.

맹에서는 이번 일을 그 어떤 것보다 중요하게 생각했다. 그래서 남궁세가의 자제와 함께 자신까지 투입한 것이다.

"미끼가 되고 싶은 생각 추호도 없다고 했소."

유한성이 잘라 말했다.

"미안해요. 우리가 실수를 했어요. 미리 말씀드리고 도움을 청했어야 했는데… 워낙 사안이 중대하기에."

사마소정이 뒤늦게 사과하며 말했다.

"그건 충분히 이해하오. 내가 이해할 수 없는 건 당신들이 이 일을 정말 그렇게 중대하게 생각했는가 하는 것이오."

유한성의 지적에 일곱 청년들이 할 말을 잊었다.

자만심에 빠져 건방을 떨다가 정체가 탄로 났다. 그러니 입이 열 개 있어도 할 말이 없는 상황이었다.

"그런 식으로는 모두 위험해질 뿐이오. 그러니 당장 떠나주시오."

유한성은 단호하게 말한 후 자리에서 일어섰다.

"대체 어찌 된 일이오?"

도착한 지 하루도 지나기 전에 정가장 정문 밖으로 쫓겨난 무당파의 청년도사 장현(壯玄)은 일곱 명의 무림세가 청년들을 향해 물었다.

철저히 신분을 숨기라는 사부의 지시에 분신이나 마찬가지인 애검마저 놓아두고 다른 검을 들고 왔는데 영문도 모르고 쫓겨나왔으니 황당하기 그지없었다.

"사전에 우리 정체가 들켜 버렸소."

언유인이 입맛을 다시며 답했다.

"어떤 놈이 꼰지르기라도 한 것이오?"

장현은 전혀 도사 같지 않은 말투와 몸짓으로 물었다.

"저곳에 이무기 한 마리가 도사리고 있었소. 우리는 그 이무기의 촉수에 일치감치 발각된 것이고."

팽진오가 정가장이 있는 방향을 쳐다보며 답했다.

"그에 앞서 시건방도 좀 떨었지."

철사윤도 입맛을 다셨다.

"이무기라……."

장현이 되뇌었다.

"저곳 사람들… 복 받았군. 이런 시기일수록 군자연하는 잠룡보다는 사나운 이무기가 더 필요하지."

장현이 고개를 크게 끄덕였다.

"그럼… 이제 어쩔 생각이오?"

장현이 다시 물었다.

"글쎄요… 워낙 창졸지간에 당한 일이라……."

제갈신우가 혀를 찼다.

그러는 중에도 남궁성민은 다시 자신의 내부로 침잠해 들고 있었다.

아까 유한성과의 대결에서 마주친 파탄이 큰 충격이었고 못내 이해가 되지 않은 것이다.

"저녁밥은 먹었소?"

잠시 침묵을 지키던 장현이 또 물었다.

"허!"

철사윤이 헛바람을 토했다.

지금 밥이 문제가?

다른 사람들도 그런 눈으로 장현을 쳐다보았다.

"난 못 먹었소. 그러니 주루에 가서 안주 푸짐하게 시켜 술이나 한잔 걸칩시다."

장현은 휘적휘적 주루의 간판이 보이는 골목 쪽으로 걸어갔다.

"뭐야, 저 말코는?"

언유인이 눈살을 찌푸리며 장현을 쳐다보았다.

"우리도 갑시다. 가서 술 한잔 걸치며 대책을 논의해 봅시다. 이렇게 비 맞은 개처럼 무림맹으로 쫓겨 갈 수는 없는 일 아니겠소."

제갈신우가 장현을 따르자 다른 사람들도 걸음을 옮겼다.

색출(索出)

第八十一章

"뭐야, 이거?"

정호회 타격대 삼조에 속한 소진문(蘇陳紋)이 눈살을 찌푸리며 먼저 와서 기다리고 있는 사람들을 쳐다보았다.

달빛에 드러난 그들은 모두 아는 얼굴들이었기 때문이다.

그들은 본단의 명령에 따라 은밀하게 이곳으로 스며든 사람들이었다.

서로 잘 몰랐지만 오기 전에 같이 한 번 만났다. 그러나 이곳에 와서는 철저히 모른 체하며 지냈다. 그런데 이렇게 한꺼번에 모이다니?

"모두 미쳤소?"

소진문은 잡아먹을 듯이 기다리고 있는 사람들을 향해 소리쳤다.

칠척 거한인 그의 눈에서 칼날 같은 안광이 폭사되었다.

"그건 우리가 하고 싶은 말이오. 대체 왜 우릴 한꺼번에 부른 것이오?"

조운찬(曹韻瓚)이 주변을 한번 둘러본 후 말했다.

호리호리한 몸매의 그는 몸매에 어울리게 협봉검을 차고 있었다.

"대체 그게 무슨 말이오?"

소진문이 와락 달려들며 물었다.

소진문의 예상 밖의 반응에 다른 사람들도 무언가를 느끼고 모두 자리에서 일어섰다.

"소 형이 사람을 시켜 우리에게 이곳으로 오라고 해서 우린 이곳으로 왔소."

홍연목(洪蓮木)이 빠르게 말했다.

그는 이십대 중반의 나이임에도 불구하고 머리카락 한 올 없는 대머리였다.

허리에 두 자루 도끼가 달려 있는 것으로 보아 쌍부술(雙斧術)을 익힌 모양이었다.

"젠장! 함정이다!"

소진문이 고함을 지르며 검을 뽑아 들었다.

쨍!

쟁!

다른 사람들도 모두 병장기를 뽑아 들었다.

그러나 주변에는 아무런 인기척이나 살기가 느껴지지 않았다.

"뭐야? 어떻게 된 일이지?"

담성조(潭聖助)가 뽑아 든 도를 약간 내리며 물었다.

세모꼴 얼굴에 차가운 눈빛을 한 그는 한눈에 보아도 냉철한 이성의 소유자 같았다.

"정말 소 형이 보낸 사람이 아니었소?"

담성조가 눈을 가늘게 뜨고 물었다.

공식적으로 정해진 것은 아니었지만 소진문은 아홉 명 중 가장 무공수위가 높고 성격도 강해 알게 모르게 그들의 수장으로 여기고 있었다. 그리고 이전에도 꼭 필요한 경우는 그의 의견을 따라 움직이기도 했다.

그런 그가 사람을 시켜 이곳으로 오라고 했기에 큰 의심 없이 온 것이다. 만약 다른 사람이 오라고 했다면 이곳에 하나씩 모였을 때 의심을 했을 것이다.

"난 그런 적 없소. 나 역시 주 형의 쪽지를 받고 왔소."

소진문이 고개를 크게 흔든 후 주용태(周容台)를 쳐다보았다.

주용태는 평범한 체구에 평범한 얼굴을 한 이십대 중반의 청년으로 긴 채찍을 독문병기로 사용하는데 이곳에서 소진문

다음으로 무공이 강했다.

"난 그런 적 없소. 다른 사람들처럼 소 형이 부른다고 해서 왔소."

주용태가 고개를 저었다.

"그럼 누가? 소 형이 우리들 중 수장이라는 것을 누가, 어떻게 알고……?"

담성조가 조금 내렸던 도를 다시 들어 올렸다.

그러나 여전히 주변에는 아무런 인기척도 느껴지지 않았다.

"어헛!"

다른 청년이 갑자기 외마디 비명을 질렀다.

한 인영이 처음부터 그곳에 있은 듯 아름드리나무에 기댄 채 서 있었기 때문이다.

"누, 누구냐?"

홍연목이 고함을 지르며 검을 겨누었다.

"역시 모두들 아는 사이였군. 홍화교도들인가?"

아름드리나무에 기대섰던 인영이 몸을 바로 세우며 물었다. 나무 그늘에 가린 그의 얼굴은 아직 드러나지 않았다.

"누구냐니까?"

홍화교란 말에 가슴이 철렁한 표정을 지으며 종무동도 고함을 질렀다.

"저승사자일지도."

짤막하게 답한 유한성이 조금 앞으로 걸어 나왔다.

"너는……?"

소진문이 비로소 유한성을 알아보고 긴장된 표정을 지었다.

"너라… 역시 내 부하들은 아니군."

유한성은 차가운 미소와 함께 결론을 내렸다.

"네놈이 우릴 이곳으로 불렀나?"

빠르게 상황판단을 한 소진문이 정색을 하며 말했다.

유한성의 입에서 홍화교란 말까지 나왔다. 또한 자신이 이들의 수장 역할을 하고 있다는 것도 간파하고 자신 이름으로 전부 불러모았다.

그렇다면 이미 모든 것을 알고 있다는 말이다.

"어떻게 알았지?"

유한성이 대답을 않자 소진문이 다시 물었다.

혹시라도 자신들 사이에 간자가 있을지도 모른다는 생각에 소진문의 신경은 극도로 날카로워졌다.

"냄새가 나더군."

유한성이 짤막하게 답했다.

"냄새?"

종무동이 자신도 모르게 코를 벌름거렸다.

그러나 콧속으로 밀려드는 냄새는 겨울 숲의 마른 나뭇잎 냄새뿐이었다.

유한성은 차갑게 웃었다.

정도문파에서 스며든 청년들처럼 이들 역시 타격대에 어울리지 않는 막강한 내력을 감추고 있는 자들이었다. 무림맹에서 보낸 청년들과 점이 있다면 그들은 붉은 연기처럼 탁한 기운을 아랫배 깊은 곳에 간직하고 있었다.

그것은 은하표국의 참사 후, 동창의 추적자들을 유인하며 사부 한조산과 함께 산속을 떠돌 때 습격받았던 살막의 은영각 살수들의 호흡과 비슷했다.

그들 은영각 살수들은 마치 검은 연기를 들이마시고 내뿜는 것과 흡사한 호흡을 하였다.

그동안 조를 배정하고 훈련시키며 지켜본 이들은 은영각 살수들과 마찬가지로 붉고 짙은 연기를 들이마신 것과 같은 호흡을 했다.

사부 한조산은 그런 은영각 살수들을 보고 사공을 익힌 자들이라고 했다.

나중에 음풍장에 역습을 하여 그곳에서 수련을 받으며 확인한 바에 의하면 그들은 음산 유령곡의 사공을 익힌 것이 확실했다.

"개코라도 된단 말이군."

소진문이 진득한 살기를 끌어올리며 말했다.

여전히 주변에는 다른 인기척은 느껴지지 않았다. 이놈만 죽이고 나면 모든 것이 원래대로 돌아간다. 아니, 이놈을 죽이면 정호회 타격대는 금방 무너지게 될 것이다.

계속 발각되지 않고 있었다면 은밀하게 불신을 조장하며 타격대를 분열시키고 결정적인 순간에 세가의 자손들을 제거하며 더 크게 뒤통수를 칠 수 있었는데 먼저 발견되었다는 것이 아쉬웠다.

쉬이익―

소진문의 신형이 쭈욱 늘어나며 유한성을 향해 쏘아졌다.

그의 손에 걸린 검이 새파란 빛을 토했다.

악명 높은 청해마검의 제자였다. 그의 손에 검마룡 초동우와 파령마 장설도가 죽었다. 그러기에 소진문은 처음부터 최강의 살초를 뿌렸다.

파란 빛은 시린 검기가 되어 유한성의 전신을 난도질할 듯 날아들었다.

우웅―

진동음과 함께 적운검이 슬쩍 움직였다.

파파팡―

적운검에서 뻗어 나온 검기가 소진문의 검기를 모두 상쇄시키고 남은 몇 가닥이 계속해서 뻗어 나갔다.

소진문이 훌쩍 뒤로 물러서며 검기의 사정권에서 벗어났다.

자신의 검기로는 상대가 안 된다는 것을 알고 미리 대비한 움직임이었다.

"청해마검의 제자라더니 명불허전이군!"

소진문이 감탄사를 토했다.

제대로 뻗지 않고 슬쩍 흔들었는데도 자신의 육성 공력이 실린 검기가 모조리 흩어져 버렸다.

"그런 말은 우위에 있을 때나 하는 것이지."

유한성이 검을 비스듬히 내린 채 대꾸했다.

"아홉이면 충분하지 않을까?"

소진문이 동료들을 둘러보았다.

비록 파령마와 검마룡을 한꺼번에 베었다고 하지만 자신들도 여섯만 합치면 그들 둘은 벨 자신이 있었다.

"글쎄… 그럴까?"

유한성이 차가운 눈으로 아홉 명을 한꺼번에 쭈욱 쓸어보았다.

흠칫!

아홉 명의 사내는 자신도 모르게 몸을 움츠렸다.

갑자기 알몸이 되어버린 듯한 느낌!

발가벗겨지는 듯한 그건 정말 기분 나쁜 느낌이었다.

더 나아가 가슴을 철렁하게 만드는 느낌이었다.

"시간 끌 것 없소. 어서 해치우고 흩어집시다."

담성조가 얼음장 같은 음성으로 말했다.

발가벗겨진 기분을 떨쳐 내기 위해서 살기를 끌어올린 그의 눈이 뱀의 그것처럼 빛났다.

쨍―

갑자기 둔탁한 쇳소리가 울렸다.

홍연목이 차고 있던 두 도끼가 서로 부딪치며 나는 소리였다.

그것은 일종의 음공으로 강한 음파를 터뜨려 상대의 기혈을 뒤흔든 후 공격하는 수법이었다. 유한성의 주의력이 담성조에게 쏠린 순간 홍연목은 기습적으로 도끼를 부딪친 것이다.

쉬이익―

도끼 부딪치는 소리가 끝나기도 전에 한 자루의 도끼가 쾌속하게 날아왔다.

그러나 유한성은 한발 앞서 한 걸음 뒤로 물러났다.

철렁! 하는 소리가 울리며 도끼가 궤적을 바꾸었다.

도끼 자루에는 쇠사슬이 달려 있어 유성추처럼 자유롭게 궤적을 바꾸는 것은 물론, 쇠사슬을 채찍처럼 휘두를 수도 있었다.

끼리리릭!

쇠를 긁는 소리와 함께 도끼가 다시 궤적을 바꾸었다.

유한성은 여전히 한발 앞서 옆으로 신형을 이동했다. 그리고는 적운검을 쾌속하게 휘둘러 도끼의 옆면을 때렸다.

터엉!

쇠북을 두드리는 듯한 육중한 음향과 함께 통제력을 완전히 잃은 도끼가 홍연목의 가슴을 향해 포탄처럼 날아갔다.

도끼에 실린 힘이 무시무시하다는 것을 느낀 홍연목이 이를 악물며 하나 남은 도끼를 두 손으로 잡고 날아오는 도끼를 쳐 냈다.

콰앙!

대포가 터지는 듯한 폭음이 울리며 날아온 도끼가 허공으로 솟구쳤다.

뒤이어 한줄기 피보라도 같이 터져 올랐다.

툭!

도끼를 쳐낸 홍연목의 목이 바닥으로 떨어져 굴렀다. 그리고 몸뚱이는 튕겨 오른 도끼를 따라 날아올랐다.

"헛!"

홍연목 옆에 있던 조운찬이 단말마의 비명을 질렀다.

분명 홍연목은 도끼를 정확히 쳐 냈는데 순식간에 그의 목이 떨어지며 목을 잃은 몸이 도끼를 따라 허공으로 날아가는 것은 기절초풍할 일이었다.

그 이유는 곧 밝혀졌다.

휘리릭―

가공할 비검술을 펼친 유한성은 되돌아온 검을 회수한 채 조금도 달라지지 않은 모습으로 서 있었다.

"찢어 죽일 놈!"

조운찬이 이를 갈며 유한성을 노려보았다.

자모환처럼 도끼 그림자 뒤에 숨어 날아온 검이 홍연목의 목을 베고 지나간 때문에 아무도 그 검을 간파하지 못했다.

실로 순식간에 벌어진 일이고 한 치 망설임도 없는 무정한 손속이었다.

"팔상진(八象陣)을 펼치시오!"

담성조가 빠르게 고함을 질렀다.

혼자서는, 아니, 서너 명이 한꺼번에 달려들어도 상대가 안 되는 놈이었다.

한 명이라도 흩어지면 홍연목처럼 각개격파 당할 확률이 높았다. 최대한 힘을 모으고 반대로 상대의 힘을 빼는 방식으로 싸워야만 승산이 있다.

휘리릭!

담성조와 같은 생각을 한 다른 청년들도 신속하게 신형을 움직여 유한성의 주변을 둘러쌌다. 오랜 시간 호흡을 맞춘 검진은 아니었지만 모두 절정을 바라보는 수준에 올랐기에 손발을 맞추는 것은 문제가 없었다.

이렇게 검진을 펼쳐 자신들의 기운은 아끼고 상대의 기운은 최대한 소모시킨 후 끝장을 내려는 의도였다.

우우웅―

유한성의 주변을 둘러싼 청년들이 기세를 끌어올리자 사방에서 철벽이 조여 오는 듯한 압박감이 전해졌다. 그러나 유한성은 여전히 바위처럼 굳건한 자세로 꿈쩍도 않고 서 있었다.

　파앗—

　제일 먼저 협봉검이 날아들었다. 뒤를 이어 두 자루의 검과 또 다른 청년의 도가 풍차처럼 날아들었다.

　휘이익—

　석상처럼 서 있던 유한성이 어느 순간 적운검을 빠르게 휘둘렀다.

　차차차창!

　청년들의 도검이 적운검에 부딪치며 비명을 토했다.

　그 순간 소진문의 검과 담성조의 검이 다른 사람들의 도검과 엇박자를 그리며 날아들었다.

　톱니바퀴처럼 돌아가던 도검들 속에서 엇박자를 그리며 날아드는 두 자루의 검은 그야말로 저승사자의 손길처럼 치명적이었다.

　유한성의 눈이 가늘어졌다.

　그리고 어느 순간 유한성의 신형이 바람처럼 움직이며 팔상진 속으로 적운검을 빠르게 찔러 넣었다.

　채채채채챙—

　콩을 볶는 듯한 쇳소리가 한꺼번에 울려 퍼졌다.

　"큭!"

　"크윽!"

　"커헉!"

쉿소리에 이어 갑갑한 비명성이 연달아 터지며 세 명의 청년이 비틀비틀 뒤로 물러났다.

어느새 그들의 입에서는 선혈 한줄기가 내비쳤다.

세 청년이 경악의 표정과 함께 유한성을 쳐다보았다.

팔상진의 연결고리에 있는 미세한 틈 몇 곳을 유한성의 검이 정확히 찔러들었고 그것에 대응하다 보니 온통 기혈이 뒤틀리며 내상마저 입고 말았다.

그 미세한 틈들은 스스로도 의식하지 못한 곳이었다. 그런데 유한성의 검은 그곳만 노리고 날아들어 검진을 파훼시켰다.

"생각보다 한참 더 고수요. 전력을 다해 쳐 나가야 할 것 같소."

담성조가 가라앉은 음성으로 말했다.

소진문이 무겁게 고개를 끄덕였다.

차륜진으로 지치게 만들어 놓은 후 자신들의 피해는 최소로 하면서 유한성의 목을 베려했던 의도는 사전에 박살이 났다. 이젠 그야말로 살을 주고 뼈를 취하는 생사투를 벌여야 할 순간이었다.

"마찬가지."

유한성은 다시 검을 비스듬히 내린 채 공력을 끌어올렸다.

우우웅─

무거운 진동음이 일며 적운검 끝이 향한 땅바닥에서 먼지가 피어올랐다.

"타앗!"

소진문이 고함과 함께 검을 휘둘렀다.

파츠츠츠―

그의 검에서 시퍼런 검기 한줄기가 뻗어 나왔다.

다른 두 청년도 온 내력을 다 쏟아부으며 유한성을 향해 도와 검을 휘둘렀다. 소진문만큼 강한 검기는 뻗어 나오지 않았지만 그들의 도검에서도 한줄기 검기가 쏟아졌다.

다른 세 자루의 검에서도 강력한 경기가 일며 유한성을 향해 쏘아져 나갔다.

그들의 검기와 경기가 화살처럼 온몸을 향해 쏘아지는 순간 유한성은 적운검을 세차게 그어 올렸다.

츄아아아앙―

유한성은 마라십이검의 제십초식 천망일섬, 제십일초식 혼검만천, 마지막 초식 천지광망을 한꺼번에 펼쳐 나갔다.

구성을 넘지 못했을 때는 마지막 세 초식은 한꺼번에 펼칠 수 없었다. 한 가지씩 단절되게 펼쳤다.

이젠 구성을 넘어섰다.

적운검에서 세 개의 초식이 한꺼번에 펼쳐지며 지옥의 그물이 사방으로 퍼져 나갔다.

콰콰콰콰콰쾅!

마라십이검의 세 초식이 뿜어내는 검기와 여덟 명의 청년들이 쏘아 보낸 기운들이 충돌하며 산사태가 난 듯한 굉음이 터졌다.

"한 곳을 찢어!"

소진문이 필사적으로 고함을 질렀다.

자신들 여덟이 펼쳐낸 기운들을 깨끗이 지운 검기의 그물이 계속해서 날아들었기 때문이다.

파차차창!

소진문과 담성조 등이 진원진기까지 모두 끌어올리며 다시 도검을 휘둘렀다. 그러나 한발 앞서 서릿발 같은 검기가 온몸을 감싸며 지나갔다.

"이럴… 수가?"

소진문이 자신의 몸을 내려다보며 중얼거렸다.

검기의 그물이 지나간 자리에서 생명의 기운이 썰물처럼 빠져나가는 느낌이 전해졌다. 뒤이어 선혈들이 폭포수처럼 터져 나왔다.

투두두두둑!

혈편으로 변한 소진문 등의 몸이 바닥으로 무너져 내렸다.

그야말로 악마의 그물에 당한 모습이었다.

"으, 으……."

동료들의 처참한 모습에 남은 두 청년은 신음을 흐리며 뒷걸음질을 쳤다.

청해마검이 다시 나선다 해도 이 정도는 아닐 것 같다는 생각이 들었다.

이건 그야말로 악마의 검법이었다.

"도주하시오!"

전의를 완전히 상실한 한 청년이 몸을 날렸다.

뒤늦게 정신을 차린 다른 청년도 황급히 발끝에 힘을 주었다.

패애액—

두 사람을 향해 유한성의 검이 벼락처럼 날아왔다.

"아악!"

비검술에 당한 한 청년이 비명을 지르며 떨어져 내렸다.

파아앗—

동료의 신형이 바닥에 추락하는 것을 보며 온 내력을 발끝에 모은 한 청년이 화살처럼 어둠 속으로 사라졌다.

'흐읍—'

유한성은 육편이 된 시신들을 보며 길게 한숨을 내쉬었다.

마라십이검의 성취가 구성을 뛰어넘은 것은 확인했지만 너무 패도적이었다.

사부께서 왜 마라십이검의 팔초식 이상은 펼치지 않았는지 알 것 같았다. 또한 사부의 별호에 왜 마검이라는 단어가 들어 있는지도 이해가 되었다

물론, 그것들을 펼치지 않아도 될 만큼 충분히 강해서이기도 했겠지만 펼친 이상 지옥화가 불가피한 검초였다.

"우웩!"

병장기가 부딪치는 소리들을 듣고 달려온 타격대의 외곽 보초 하나가 토악질을 하며 주저앉았다.

같이 온 청년은 그 자리에서 얼어붙어 꼼짝도 하지 못했다.

유한성이 천천히 등을 돌리자 그는 귀신을 본 듯 주춤거리며 물러나다가 왔던 길로 줄행랑을 쳤다.

잠시 후 용태진 등 열 명의 청년과 사진용, 사진혜가 달려왔다.

"뒤처리를 부탁하오."

용태진들에게 뒤를 맡긴 유한성은 달려오는 사진혜의 앞을 막아서며 그녀의 팔을 끌었다.

"무슨 일이에요, 오라버니?"

사진혜가 걱정스런 표정과 함께 물었다.

"타격대에 첩자들이 있었어."

유한성이 걸음을 옮기며 답했다.

"그럼 우리들도 부르지 않고?"

사진혜가 자신도 나서지 못한 것이 억울하다는 표정으로 발을 굴렀다.

"다음부터는 그렇게 하지."

유한성이 고개를 끄덕이며 걸음을 빨리했다.

"술 먹다 말고 대체 이게 무슨 일이오?"

팽진오는 아직도 어안이 벙벙한 표정과 함께 남궁성민을 쳐다보았다.

다른 사람들도 의구심 가득한 표정을 하며 남궁성민의 얼굴에 시선을 고정시켰다.

정호회 타격대에서 쫓겨난 그들은 무당파 장현을 따라 주루에 들어가 술을 마셨다.

술맛은 무척 썼다.

그러나 모두들 들이붓듯 술을 마셨다.

한창 마시는 중 타격대원 한 명이 급히 달려와 남궁성민에게 서찰 한 통을 전했다. 그것을 읽은 남궁성민은 술자리를 박차고 부리나케 이곳으로 달려와 몸을 숨기고 있었다.

다른 사람들 역시 남궁성민을 따라 이곳에 와서 몸을 숨겼지만 궁금증이 일어 견딜 수가 없었다.

"대체 어떻게 된 일이냐니까요?"

사마소정도 더 이상 못 참겠다는 듯 질문을 했다.

"목소리를 낮추시오."

남궁성민이 낮지만 단호하게 말했다.

"그러니까 이유를⋯⋯."

"타격대주에게서 서찰이 왔소. 이곳에서 기다리면 우리가 찾는 사람이 도주할 것이라고…….”

“그게 무슨 말이오?”

팽진오가 눈살을 찌푸리며 물었다.

“우리의 정체를 간파했듯 그는 타격대에 숨어든 홍화교의
간자들도 간파한 모양이오. 그리고 한 명은 놓쳐 보낼 테니
알아서 하라고 했소.”

“그… 그게?”

황보세화가 자신도 모르게 입을 벌렸다.

대체 그자의 정체는 무어란 말인가?

청해마검의 제자라는 사실은 알고 있었지만 그것만으로는
도저히 납득이 가지 않았다.

완벽하게 자신들을 간파하고 그것도 모자라 이젠 홍화교
의 첩자들까지 간파하여 한 명은 놓쳐 보낸다고?

그렇다면 다른 사람들은 모두 베었단 말인가?

그 차가운 독심과 비정한 손속이라면 충분히 그랬을 것이
다.

“쉿!”

주변을 살피던 제갈신우가 짤막하게 경고했다.

저 멀리서 한 청년이 미친 듯이 경공을 펼치고 있었다.

마치 귀신을 본 듯한 그의 모습에서 어떤 일을 당했는지 짐
작이 갔다.

“아까 내가 말한 대로 서로 역할을 맡아 은밀히 추적해야

하오. 내가 먼저 추적하겠소. 기다리다가 한 식경 뒤 추종향을 따라오시오. 절대로 경거망동해서는 안 되오."

남궁성민이 빠르게 말한 후 먼저 몸을 날렸다.

정주행

第八十二章

타격대에 잠입한 세가의 청년들과 홍화교 첩자들을 모두 색출한 며칠 후 유한성은 타격대의 이사를 결정했다.

이제 이곳 허창은 크게 위험할 것이 없었다.

정가장을 습격한 놈들을 물리친 다음 날 장현방 터전을 완전히 불태워 놈들이 다시 똬리를 틀지 못하게 했다. 또한 정가장도 터전을 옮기며 어수선했던 일들을 모두 정리하고 확실한 체계를 잡았다. 그래도 모르는 일에 대비해서 유세진이 당분간 이곳에 머무르며 일처리를 도울 것이다.

타격대는 이젠 정주로 돌아가 정주를 사수하는 본연의 임무를 수행할 작정이었다.

"정말 고마웠네. 자네가 아니었으면 우리 가문은 터를 잡기도 전에 쓰러졌을 것이네."

정검가의 정문 앞에서 가주 정사일이 유한성의 손을 잡고 고마움의 뜻을 전했다.

"정말 고맙네. 자네가 있어 우린 언제나 든든할 걸세."

장남 정기문도 커다란 손으로 유한성의 어깨를 두드렸다.

"고마워요, 오라버니. 정주로 가더라도 자주 들러주세요."

정지연도 눈물을 글썽이며 당부했다.

유한성은 묵묵히 고개만 끄덕였다.

"계집애! 숨어서 훔쳐볼 사람이 없어 이젠 어쩌나?"

유검가 목검대의 장녀 목인화가 약을 올렸다.

"언니!"

눈물을 글썽이던 정지연이 뾰족한 고함을 질렀다.

"호호! 그래, 넌 그런 모습이 더 어울려."

목인화가 먼저 손을 흔들며 등을 돌렸다.

"그럼 다음에 뵙겠습니다."

유한성이 정사일을 향해 포권을 한 후 말에 올랐다.

"출발!"

용태진이 고함을 지르자 정호회 타격대가 일제히 움직이며 정주로 향했다.

정호회 타격대가 정주로 입성하는 날, 수많은 정주 주민이 몰려나와 환성을 지르며 반겼다.

이젠 오백 명이 훌쩍 넘은 인원의 정호회 타격대는 그 숫자만으로도 위용이 넘쳤다.

장현방에 다시 자리를 잡은 무리들과 실전까지 벌인 그들의 몸에서는 알게 모르게 날카로운 예기들이 흘러나와 그 위용을 드높였다.

그동안 타격대가 허창에서 벌인 무용담은 잔뜩 부풀려져 일당백에, 천하무적의 부대로 변모해 있었다. 그 명성에 어린 소년들은 성문 입구에서부터 유검가에 이르기까지 타격대의 뒤를 졸졸 따라다녔다.

타격대가 유검가에 당도했을 때 가주 유세천을 비롯한 유검가 식솔들은 정문을 활짝 열고 나와 유한성과 타격대를 맞았다.

하유걸이 맡은 하검대와 함께 이젠 네 개의 검대를 이룬 유검가의 검대원들과 식솔들이 모두 밖으로 나와 정호회 타격대를 맞이하는 장면은 좀처럼 보기 힘든 장관이었다.

인근 주루와 고층 건물들에서는 모두 창문 밖으로 목을 빼고 타격대와 유검가 검대가 만나는 장면을 구경했다.

"다시 뵙습니다, 백부님!"

유한성이 고개를 숙여 유세천에게 인사를 했다.

"어서 오게. 그동안 고생이 많았네."

유세천이 와락 유한성의 어깨를 감싸 안았다.

"어서 들어갑시다. 술과 음식은 푸짐하게 준비해 놓았으니 오늘은 여정을 풀고 마음껏 들고 마시도록 하시오."

유세강이 타격대를 향해 고함을 지르자 타격대가 와아! 하는 고함과 함께 유검가의 정문 안으로 들어갔다.

숙소에서 간단하게 짐을 푼 유한성은 제일 먼저 연화 대부인의 처소로 향했다.

"돌아왔습니다, 증조할머님, 그리고 할아버님."

유한성이 연화 대부인과 태상가주 유현승에게 인사를 올렸다.

"어서, 어서 이리 오너라, 내 새끼! 그동안 얼마나 고생이 많았느냐?"

연화 대부인이 손을 덜덜 떨며 유한성의 손을 잡고 어루만졌다.

그동안 하수린의 봉양을 받으며 유한성을 덜 보고 싶어 하는 것 같은 모습은 참을성의 발로였지 진심이 아니었다.

다시 유한성을 본 연화 대부인은 손주 유세연을 보듯 눈물을 흘리며 그동안 참았던 그리움을 표출했다.

"고생이 많았구나."

유현승도 유한성의 등을 두드리며 그동안의 노고를 치하했다.

유한성은 차를 한잔 마시며 두 어른과 잠시 동안 환담을 나누었다.

"긴 얘기는 나중에 하고 피곤할 텐데 그만 가보거라. 나보다 너를 더 기다리는 아이도 있으니……."

하수린을 떠올리며 입가에 미소를 머금은 연화 대부인이 손을 흔들어 축객령을 내렸다.

"그럼 나중에 다시 뵙겠습니다."

인사를 마치고 연화 대부인의 거처에서 나온 유한성은 서둘러 하유걸 가족들이 있는 하검대의 처소로 걸음을 옮겼다.

"한성아!"

하검대의 거처에서 제일 먼저 달려 나오며 유한성을 반긴 사람은 하정욱이었다.

제남의 은하표국에서 같이 지내던 시절 그곳의 대숲에서 단 며칠이지만 유한성에게 무공의 기초를 가르쳤던 그는 누구보다 유한성과 정이 깊었다.

"고생 많았다. 어서 들어가자!"

와락 달려들어 유한성을 얼싸 안은 하정욱은 활짝 웃으며 유한성을 안으로 이끌었다.

하검대 거처에는 하유걸 부부와 하정현 등이 모두 모여 유한성을 기다리고 있었다.

"다시 뵙습니다, 국주님."

유한성이 하유걸을 향해 고개를 숙였다.

"그래. 고생이 많았겠구나."

하유걸이 빙긋 웃으며 유한성의 어깨를 두드렸다.

"정말 고생 많았어. 오늘은 맛있는 거 많이 해놓았으니 실컷 들고 푹 쉬도록 해."

임소령도 오랜 원행을 떠났다 돌아온 아들을 맞는 표정으로 환하게 웃으며 말했다.

"이젠 절정고수의 풍모가 완전히 몸에 배었구나."

"그럼. 이젠 온 중원에 정주철협이라는 별호가 울려 퍼질 텐데. 하하!"

하정탁과 하정현도 유쾌하게 웃으며 자신들보다 한 뼘은 더 큰 유한성을 감탄 어린 눈으로 올려다보았다.

정주철협은 그동안 유한성에게 생긴 별호였다.

정주보다는 허창에서 더 많이 머물고 활약했지만 정주유검가의 자손이기에 정주철협이라는 별호가 붙은 것이다.

그들 모두와 인사를 나눈 유한성은 천천히 시선을 돌려 하수린을 찾았다.

하수린은 식구들 사이에서 보이지 않았다.

"우리 공주님이 단장을 좀 심하게 하는군. 하하하!"

장남 하정현이 짓궂은 표정과 함께 너털웃음을 터뜨렸다.

"너 온다니까 얼른 세수하고 자기 방으로 들어가더니 아직 감감무소식이다."

하정욱도 빙글거리며 하수린의 방 쪽을 쳐다보았다.

그때 하수린의 방문이 열리며 하수린이 걸어 나왔다.

유한성은 잠시 아무 말도 못하고 하수린을 쳐다보기만 했다.

하수린은 흡사 허물을 벗은 것 같았다.

이제껏 바람만 조금 세게 불어도 날아갈 듯한 몸매는 어느 구석에서도 찾아볼 수 없었다.

훤칠한 키에 살이 오른 그녀의 몸은 완연하게 굴곡이 드러나며 갓 잡아 올린 생선처럼 싱싱하게 느껴졌다.

병약했던 모습을 완전히 떨쳐 버린 그녀는 어떤 여인들보다 건강해 보였고 생기가 넘쳐흘렀다. 그 건강하고 생기 넘치는 모습에 더해 작심해서 단장까지 하자 완전히 딴사람 같았다.

꽃의 요정 같이 귀여웠던 얼굴에는 복숭아같이 발그레한 성숙미가 흘렀고 순진무구하게만 느껴졌던 눈은 심산유곡의 호수처럼 맑고 깊었다.

그 눈은 보는 사람의 마음을 송두리째 빨아들일 듯하면서도 한없이 부드럽고 편안한 느낌을 주었다.

단장을 하여 완전히 변한 동생의 모습에 하정현 등 세 오빠도 눈을 둥그렇게 뜨고 하수린을 쳐다보기만 했다.

하유걸과 임소령도 완전히 변한 딸의 모습에 많이 놀란 듯 서로를 쳐다보다가 미소를 지었다.

"다들 왜 귀신을 보듯 쳐다보세요?"

하수린이 계면쩍은 모습으로 얼굴을 붉히며 말했다.

"여자의 얼굴은 하루에도 열두 개라더니……."

장남 하정현이 고개를 절레절레 흔들었다.

"밖에서 만나면 못 알아보겠군."

하정탁도 혀를 찼다.

"과연 누구를 위한 변신인가?"

하정현이 마침표를 찍으며 의미심장한 미소를 지웠다.

"그만들 하세요! 매일 보면서 뭘 그러세요."

하수린이 마침내 뾰족한 고함을 지르고는 유한성에게 시선을 주었다.

"고생했지?"

하수린이 미소를 지으며 물었다.

"그럭저럭……."

유한성이 묵묵히 고개를 끄덕였다.

그의 눈은 어느새 담담하게 가라앉아 있었다.

"나 어때?"

하수린이 화사하게 웃으며 유한성을 응시했다.

"딴사람 같은데……."

유한성이 무감동하게 대꾸했다.

"하여간… 멋대가리 없기는."

하수린이 살짝 눈을 흘기며 고소를 머금었다.

충분히 예상은 했지만 그래도 한가닥 기대는 있었는데 역시나였다.

"뭐야, 이거? 한 시진도 넘은 내 동생의 노고가 모조리 헛수고였나?"

두 사람의 상면 장면을 지켜보던 하정현이 눈 사이를 좁히며 말했다.

"이 자식 무신경은 대숲에서 마보 수련을 할 때부터 알아봤지. 소 죽은 귀신도 저렇지는 않을 것 같았다니까."

하정욱도 수포로 돌아간 동생 하수린의 노고가 아까웠는지 콧김을 내뿜었다.

"쯧쯧! 이런 경우를 보고 돼지 목에 진주목걸이라고 하지."

하정탁도 혀를 찼다.

"객쩍은 소리는 그만들 하고 어서 저녁을 먹도록 하자. 이러다간 음식 다 식어 두 시진 동안의 내 노고도 허사로 돌아가겠어."

임소령도 고소를 머금으며 음식들을 내왔다.

그녀 역시 딸 하수린의 정성들여 단장한 모습을 보고도 덤덤한 반응을 보이는 유한성에 짧은 순간 섭섭한 마음도 들었지만 그게 본심이 아님은 누구보다 잘 알았기에 피식 웃고 말았다.

만약 유한성이 사소한 일에도 일희일비(一喜一悲)하는 사내였다면 오늘의 이 자리는 애초에 없었을 것이다. 그것을 누구보다 잘 알기에 오히려 마음이 든든했다.

"휘유— 우리 어머니의 요리 솜씨가 총동원됐구나."

임소령이 내오는 음식들을 쳐다보며 하정욱이 탄성을 내질렀다.

유한성이 정호회 타격대를 이끌고 오늘 오후 유검가에 도착한다는 소식에 임소령은 새벽부터 일어나 음식 준비를 했다.

그렇게 따지면 그녀의 수고는 두 시진이 아니라 하루 종일이었다.

그 하루 종일의 수고가 탁자 위에서 화려하게 피어났다.

유한성은 목 뒤로 절로 넘어가는 침을 꿀꺽 삼키며 앞에 놓인 음식들을 쳐다보았다.

푸짐하면서도 깔끔한 온갖 종류의 음식들은 산해진미라고 불러도 손색이 없을 정도였다.

이런 음식들은 어떤 고급 주루에서도 맛볼 수 없다.

물론, 그런 곳에서는 이 음식보다 훨씬 더 비싼 재료로 훨씬 더 향취가 풍기게 만들어내겠지만 어머니의 마음과 정성이 가득 담긴 이런 음식은 결코 만들지 못한다.

"꿀꺽!"

유한성은 다시 침을 삼켰다.

자신의 몸은 마음먹은 대로 철저히 통제가 가능한 절정고수였지만 지금은 그것이 불가능했다.

"호호호호!"

유한성 옆자리에 앉은 하수린이 자지러지듯 웃었다.

"엄마에게 완패했네. 호호호!"

하수린의 말뜻을 알아들은 사람들도 모두 실소를 터뜨렸다.

"어서 드세요, 아버지. 한성이 침 삼키다 사래 들겠어요. 호호!"

하수린이 하유걸에게 젓가락을 들기를 권했다.

"그래. 어서 먹도록 하자. 나도 시장하구나."

하유걸이 젓가락을 들었고 모두들 식사를 시작했다.

유한성은 오랜만에 모든 시름을 던져놓고 마음껏 음식을 들었다.

모두 한자리에 모여 저녁을 먹으니 은하표국에서 지내던 때가 주마등처럼 스쳐지 나갔다.

그때는 시력을 잃었지만 그래서 더 많은 것을 볼 수 있었고 느낄 수 있었다.

자신을 대하는 하유걸 부부의 진심과 꾀꼬리처럼 재잘거리지만 이따금씩 남몰래 내쉬는 하수린의 절망적인 한숨!

그땐 간절히 시력을 되찾고 싶었다.

그래서 한 점 가식 없는 하유걸 부부의 눈빛을 가슴 깊이 담고 싶었고, 황삼이 요정 같다고 했던 하수린의 얼굴을 뇌리 속에 각인시키고 싶었다.

꿈만 같았던 일들이 지금 이루어지고 있었다.

그러나 유한성은 아무런 내색 없이 묵묵히 음식을 들었다.

그런 마음은 가슴속 깊은 곳에 평생 동안 품는 것이지 입술 끝에 올려 사방으로 흘리는 것이 아니다.

자신을 친아들로 대하는 하유걸 부부의 마음도, 선녀 같은 하수린의 모습도 가슴 깊은 곳에 평생 동안 변함없이 품고 살아가리라.

"타격대는 이젠 이곳 정주에 머무를 셈이냐?"

한참 정신없이 음식을 들던 하정탁이 조금 배를 채웠는지 유한성에게 물었다.

"그럴 생각입니다. 애초부터 정주를 수호하기 위해 만든 조직이니까요."

유한성이 답했다.

그 대답에 하수린의 얼굴이 활짝 펴졌고 하유걸 부부와 하수린의 오빠들도 표정이 밝아졌다.

정주유검가의 세력도 이젠 큰 문파 수준이지만 유한성과 타격대가 같이한다면 천하무적 같은 느낌이 들었다.

"타격대는 어디에 머무를 거야?"

하수린이 물었다.

"백부님께서 근처의 장원을 빌렸다고 했어. 며칠은 여기서 머물다가 그곳에 준비가 되면 그곳에서 주둔할 예정이야."

유한성의 대답에 하수린의 얼굴은 더욱 활짝 피어났다.

며칠 이곳에 머문다는 것도 좋았고 근처에 장원을 빌렸다는 것도 좋았다.

하수린의 활짝 핀 얼굴을 본 하유걸 부부는 만면 가득 미소를 지었다.

"정말 잘 먹었습니다. 며칠은 굶어도 될 것 같습니다."

식사를 마친 유한성은 임소령에게 인사를 했다.

"더 먹지 않고?"

임소령은 유한성이 아무리 많이 먹어도 아쉬울 것 같은 표정을 하며 말했다.

"내일 또 먹지요."

유한성이 빙긋 웃으며 농담을 던졌다.

"그래! 그렇게 해! 매일 해줄게."

비로소 아쉬운 표정을 거둔 임소령이 환하게 웃었다.

"산책할까?"

식사가 끝나고 차를 다 마신 유한성이 하수린을 향해 말했다.

유한성이 하수린에게 건네는 유일하게 멋대가리 있는 말이었다.

"그래, 그렇게 해!"

하수린이 활짝 웃으며 자리에서 일어섰다.

"얼씨구."

하정욱이 눈 사이에 주름을 만들었다.

"우리도 같이 산책이나 할까?"

하정탁도 심술을 부렸다.

"너희는 엄마 좀 도와!"

음식 그릇을 든 임소령이 눈꼬리에 날을 세우며 두 아들을 쳐다보았다.

"쩝! 산책은 뒤로 미루지."

하정탁이 피식 웃으며 빈 그릇들을 치우기 시작했다.

"대주의 여인이다!"

배를 두드리며 정자 근처의 의자에 앉아 있던 용태진이 놀란 음성으로 말했다.

"어디?"

천이성도 벌떡 상체를 세우며 용태진의 시선을 쫓았다.

전학겸과 다른 청년들도 제각기 고개를 돌려 후원을 산책하는 유한성과 하수린을 쳐다보았다.

말로만 들었던 대주의 여인이 어떤 모습일지 궁금했는데 지금 보게 된 것이다.

낙양에 있는 오성상단 지부에서 유한성과는 비무도 했지만 그때는 은밀히 스며들었다 은밀히 빠져나왔기에 하수린은 보지 못했다.

"역시 대주야!"

우종화(宇從華)가 벌린 입을 다물지 못한 채 말했다.

그 역시 하남 상가연합에서 타격대로 스며든 청년으로 칠

조의 조장을 맡고 있었다.

"우리 대주가 모든 걸 걸 만한 여인이군."

장채윤(張采輪)도 고개를 끄덕였다.

그도 용태진 일행으로 오조의 조장이었다.

그들 두 사람뿐만 아니라 다른 사람들도 넋을 놓은 채 유한성과 하수린 쪽을 쳐다보기만 했다.

"우리도 꾸미면 저렇게 되거든요."

옆에서 차를 마시고 있던 여인들이 목소리에 날을 세워 말했다.

"원판 불변의 법칙이라는 게 있지."

눈을 여전히 하수린에 고정시킨 청년 하나가 대꾸했다.

"죽을래!"

여인 중 하나가 도끼눈을 뜨며 말했다.

다른 여인들도 당장 달려들 듯이 노려보았다.

"원판 만변(萬變)의 법칙도 있소이다."

청년이 얼른 소신을 바꾸었다. 그러면서도 하수린의 모습에 눈을 떼지 못했다.

"이곳에서도 마음 편한 산책은 힘들겠어."

자신들의 일거수일투족에 수백 개의 시선이 따라다니는 것을 느낀 하수린이 말했다.

대법이 성공리에 끝난 후 오성상단 지부에서도 산책을 하며 느낀 일이지만 이번에는 시선들이 몇십 배로 더 많았다.

"평생 방 안에 갇혀서 살 생각이 아닌 이상, 익숙해져야
지."

유한성이 담담하게 말했다.

"무슨 뜻이야?"

하수린이 눈을 반짝이며 물었다.

"밖에 나가면 더 많은 시선이 따라 붙을 거야. 지금처럼 호
의적이 아닌, 찐득거리고 음침한 시선들도 많을 테고."

유한성이 담담히 말했다.

"이곳에서도 그렇게 호의적이지는 않은 것 같은데?"

하수린은 여인들이 모인 쪽으로 눈길을 돌리며 말했다.

그녀들의 눈에서는 음침하지는 않지만 얼음장 같은 기운
이 연방 쏟아지고 있었다.

"저쪽도 좀 그렇군."

유한성이 입을 다물지 못하고 있는 청년들 쪽을 쳐다보며
말했다.

"들어가야겠어."

하수린이 몸을 움츠리며 말했다.

"그럼 평생 못 익숙해져."

유한성이 하수린의 팔을 잡고 성큼 걸음을 옮겼다.

그가 향한 곳은 용태진 일행이 있는 곳이었다.

하수린이 깜짝 놀랐지만 유한성은 걸음을 멈추지 않았다.

하수린과 함께 유한성이 다가오자 두 사람을 훔쳐보던 용태진 등이 바늘에라도 찔린 듯 자리에서 벌떡 일어섰다. 그들을 따라 질투의 눈빛을 하고 있던 여인들도 얼른 몸을 일으켰다.

이젠 후원의 모든 시선이 이쪽으로 몰리고 있었다.

"소개하겠소. 내 어린 시절 친구인 하수린이오. 그리고 이쪽은 용태진 제일조장."

유한성은 용태진 일행에게 하수린을 소개했다.

"바, 반갑습니다, 하 소저!"

용태진이 엉겁결에 인사를 했다.

"반가… 워요, 용 공자님."

하수린도 당황한 기색이 역력한 표정으로 마주 인사했다.

유한성이 이렇게 갑자기 동료들에게 자신을 소개할 줄 몰랐기 때문이다.

"전 전학겸이라 합니다."

"전 천이성입니다."

근처에 있던 다른 사람들도 차례로 이름을 밝혔다.

그들과 마주 인사하는 하수린의 얼굴이 발갛게 물들었다.

어려서부터 밖에 나가지도 못한 채 집 안에서만, 또는 방 안에서만 살아온 하수린은 이런 자리가 많이 낯설었다. 그것을 안 유한성은 하수린을 이끌고 와서 조장들에게 인사를 시키고 같이 어울리는 자리를 만든 것이다.

"술은 아직 준비가 안 된 것이오?"

유한성이 주변을 둘러보며 말했다.

"저… 쪽에 준비하고 있습니다."

청년 하나가 떠듬거리며 말했다.

"그럼 그쪽으로 갑시다."

유한성이 다시 하수린을 이끌었다.

"자꾸 왜 그래?"

하수린이 유한성의 팔을 꼬집으며 낮은 목소리로 말해다.

"익숙해져야 한다고 했잖아. 술 마실 줄 몰라?"

"못 마실 것도 없지만… 옷도 이렇게 입고……."

하수린은 여전히 몸을 움츠렸다.

유한성에게만 보인다고 생각하고 최대한 화려하게 치장한 옷차림이었다. 또한 얼굴 화장도 조금은 도발적이다 싶을 정도로 꾸몄다.

"괜찮아. 보기 좋아."

유한성이 짤막하게 말했다.

"이왕이면… 예쁘다고 해주지."

하수린이 한숨을 내쉬었다.

"그래. 예뻐."

"엎드려 절 받기네."

마침내 하수린도 상체를 펴고 씩씩하게 유한성을 따랐다.

예쁘다는 말은 잔뜩 움츠린 여자도 순식간에 용감하게 만드는 모양이었다.

　술자리에는 타격대 인원 오백여 명이 다 모였고 유검가 검
대 인원은 일백이 모였다.

　오늘의 주인공은 타격대였기에 검대 인원들은 젊은 청년
들만 모인 것이다.

　육백이 넘는 인원들이 한자리에 모여 술을 마시는 광경은
장관이었다. 그리고 그 술자리의 주인공은 단연 하수린이었
다.

　잔뜩 움츠렸다가 용감해진 하수린은 어린 시절 황삼을 쩔
쩔매게 했던 기질이 되살아나며 조장들과 조원들이 주는 술
을 넙죽넙죽 다 받아 마시고 짓궂은 농담에도 능란하게 응수
했다.

　그리고 나중에는 노래도 불렀다.

　이젠 유한성이 바늘방석에 앉은 심정이 되었다.

　대법이 성공하여 건강해지긴 했지만 저렇게 술을 많이 마
셔도 되는지 걱정이 되었고, 술이 취해 어느 순간 실수를 하
지 않을까 조바심도 났다.

　그러나 대법이 성공하며 영약과 함께 독기운까지 흡수한
하수린의 몸은 주독에도 강한지 같이 마시던 사내들 여러 명
이 나뒹굴 때까지도 끄떡없었다.

　대주의 여인으로 손색이 없는 모습이었다.

"괜찮아?"

술자리 중도에서 하수린을 데리고 나온 유한성이 걱정스런 표정으로 물었다.

"술이란 게 이렇게 맛있을 줄 몰랐어. 앞으로 자주 마셔야겠어. 호호!"

하수린은 여전히 생생한 모습으로 맑게 웃었다.

마시는 족족 해독이 되었는지 그녀의 입에서는 술 냄새도 별로 풍기지 않았다.

"주당이군."

유한성이 입맛을 다셨다.

"그런가봐."

하수린은 취기가 오르는 듯한 표정으로 유한성의 가슴에 머리를 기댔다.

"이젠 정말 산책해."

모두 술에 취해 더 이상 쫓아오는 시선도 없고 어둠에 자신들의 모습이 가려진 것을 느낀 하수린이 말했다.

"그럴까?"

유한성이 고개를 끄덕이며 후원 쪽으로 걸어갔다.

겨울이 깊었지만 후원의 사철나무 잎은 무성함을 유지하고 있었다.

"보고 싶었어."

사철나무 뒤쪽에 이른 하수린이 돌아서며 유한성의 가슴

에 얼굴을 묻었다.

유한성이 움찔 신형을 굳히다 천천히 하수린을 끌어안았다.

두 사람의 가슴이 밀착되며 심장이 뛰는 소리가 환히 들렸다.

"나도 마찬가지야."

유한성이 더욱 세차게 하수린을 끌어안았다.

하수린이 팔을 뻗어 유한성의 목에 둘렀다.

자연스럽게 유한성이 입술이 하수린의 입술을 눌렀다.

두 사람의 뜨거운 숨결이 한겨울의 추위를 멀찌감치 밀어내고 있었다.

第八十三章

새로운 임무

해가 바뀌고 정주가 폭설에 뒤덮이던 날 세상은 핏빛 소문에 뒤덮였다.

조직 결성과 함께 격문을 돌렸던 구천련이 중원 곳곳에 있는 무림맹의 지부를 급습했다.

오랜 복지부동 끝에 무림맹이 탄생했지만 아직 그 체계가 제대로 잡히지 않았다.

총단이 그럴진대 지부라고 해서 나을 리가 없었다.

지부는 총단에서 지시를 받은 정도문파에서 인원을 차출하여 구색만 갖추고 있었는데 그런 곳을 우선적으로 골라 구천련이 습격을 한 것이다.

고수들 하나 제대로 배치되지 않은 지부는 하루아침에 궤멸되고 말았다.

그리고 그 지부가 있던 자리는 구천련의 지부 깃발이 나부꼈다.

구천련은 순식간에 수십 개의 지부를 탄생시킨 것이다.

그런 지부쯤이야 다시 구축하면 그만이지만 그 상징성은 결코 가볍지 않았다.

무림맹이 탄생되긴 했지만 실체는 종이호랑이에 불과하다는 소문이 금방 나돌았고 정도의 군소방파들이 동요했다.

그들은 무림맹이란 이름 하나만 듣고 피가 끓는 심정에 무림맹에 가입하고 지부에 투신했지만 무림맹 지부 수십 개가 하루아침에 박살이 나며 구천련의 지부로 바뀌자 현실을 인식하며 몸을 사렸다.

자연 무림맹에 가입하는 정도 중소문파의 숫자가 답보상태에 그쳤고 하루하루 조금씩 감소하기 시작했다.

무림맹은 대책을 세울 필요성을 느꼈다. 아니, 절실히 필요했다.

총단에서 숙의를 거듭한 끝에 당분간 지부 구축은 미루고 정주에서와 마찬가지로 타격대를 먼저 조직했다.

무림맹 총단이 주도한 타격대는 우선 오십 개였다.

그리고 각 타격대의 인원은 백 명으로 조직했다.

인원이 조금 적은 감이 있었지만 만만치 않은 고수들이 대거 포함되어 그 위용은 숫자에 비할 바가 아니었다.

그들은 선발대가 되어 구천련이 점령한 무림맹의 지부로 진격하여 대대적인 전투를 벌였다.

그러나 구천련의 전력은 의외로 강해 고전을 면치 못하고 빼앗긴 지부도 반 정도밖에 수복하지 못했다.

무림맹은 온 중원 문파에 충원을 지시하는 맹주 친서를 보냈고 강호는 온통 전운이 감돌았다.

"큰일이군!"

유검가 가주 유세천이 집무실에서 긴 한숨을 내쉬었다.

아직은 전면전이 아니고 중원 변방의 지부에서 구천련과 무림맹의 국지전이 벌어지고 있지만 조만간 대대적인 전투가 일어날 것 같았다.

놈들의 정체는 절대로 구천련이 아니다.

구천련은 놈들의 꼭두각시로 움직이고 있을 뿐이다.

지난 가을 유한성이 유세연의 신패를 가지고 찾아온 다음 날 야밤에 가문의 담을 넘어온 무리들!

그놈들의 수뇌부가 구천련을 움직이는 장본인이리라.

그동안 아무리 찾으려고 해도 꼬리를 밟을 수 없던 놈들은 이제 서서히 용트림을 하며 움직이고 있다.

그들이 본격적으로 나타나는 날 강호는 피로 뒤덮일 것이다.

그 시기는 아마도 눈이 녹은 봄이 될 것 같았다.

그때까지 놈들은 구천련을 통해 중원을 한없이 어지럽힐
것이다.

그땐 이곳도 절대로 무사하지 않을 것이다.

위안이 된다면 유한성과 타격대가 세가 옆에 진을 치고 있
다는 것이다.

"손님이 오셨습니다."

밖에서 시비가 배첩을 들고 들어왔다.

유세천은 배첩을 건네받아 빠르게 개봉했다.

"이 노야께서?"

유세천의 눈이 커졌다.

배첩을 보낸 주인은 천화상단의 단주 이곽봉이었다.

그는 또 전 황제가 조직했던 오룡회의 일원이기도 했다.

"손님은 어디에 계시느냐?"

유세천이 고함을 질렀다.

"접객실에 계십니다."

시비가 답했다.

"어서 뫼시어라. 아니, 내가 직접 가겠다."

유세천은 서둘러 집무실을 빠져 나갔다.

"오랜만에 뵙습니다, 노야!"

접객실에서 이곽봉을 마주한 유세천은 고개를 숙여 인사

를 했다.

대쪽 같은 전 황제가 도움을 청한 다섯 명의 사람 중 한 명이었다. 충분히 그런 예를 받을 만한 자격이 있는 사람이었다.

"가주께서도 잘 지내셨소. 허허!"

이곽봉이 유세천의 손을 잡으며 너털웃음을 터뜨렸다.

"노야 덕분에 타격대와 저희 가문은 무탈하게 잘 지내고 있습니다."

유세천이 답했다.

"그건 내가 할 말이지요. 우리 상계를 어지럽히던 놈들이 최근 서서히 꼬리를 말기 시작했소. 그건 정호회 타격대와 가주의 조카 덕분이지요. 정주에서 몇 번 패퇴한 그들이 정체가 드러날 상황이 되자 꼬리를 만 것이 분명하지요."

이곽봉이 손을 흔들며 대꾸했다.

"안으로 드시지요. 안에서 더 많은 얘기를 나누기로 합시다."

이곽봉이 지나가는 길에 안부나 물어보려고 이곳에 온 것이 아님을 안 유세천은 서둘러 안으로 자리를 옮겼다.

"타격대주는 보이지 않는구려."

집무실에서 차를 마시며 이곽봉은 유한성을 찾았다.

"지금 타격대를 훈련시키느라 여념이 없습니다."

유세천이 빙그레 웃으며 답했다.

인근 장원에 터를 잡은 유한성은 혹한의 추위에도 아랑곳 않고 타격대를 조직적으로 훈련시키고 있었다.

조 편성은 이곳으로 이사를 하기 전인 허창의 정가장에서 미리 짜 놓았다.

그곳에 스며든 제갈세가의 자제 제갈신우는 타격대 조원들의 배치가 개개의 무력을 수치화해서 합하면 모두 똑같은 숫자가 나올 것이라고 말하며 혀를 내둘렀다.

제갈신우의 지적은 정확한 것이었다.

유한성은 그들 개개인의 내력을 정확히 읽고 조를 편성하여 합격진 수련을 시키고 있었다.

수련의 방법 역시 특이했다.

각각의 합격진이 어느 정도 완성에 이르면 유한성과 대적을 했다.

그때마다 합격진 속에 갇힌 유한성은 그 합격진의 빈틈을 정확히 찾아내고 사정없이 갈라 버렸다.

온갖 고생을 다하여 완성한 합격진이 깨어지는 순간 대원들은 허탈함과 패배감에 망연자실했다. 그러다 조금 후엔 자신들은 찾지 못한 미세한 틈을 발견했으니 그것을 메우면 훨씬 더 고강해질 것이라는 기대감과 함께 피땀을 흘렸다.

지금도 그런 식의 수련을 하는지 대원들의 고함 소리가 이곳까지 들리고 있었다.

젊은 청년들의 역동적인 기합성은 듣고만 있어도 가슴이 뻥 뚫리는 것 같았다.

"허허! 가주의 복이구려."

이곽봉이 고함 소리들이 들리는 방향을 쳐다보며 너털웃음을 지었다.

"그러게 말입니다. 하하!"

유세천도 밝게 웃었다.

"이 늙은이가 오늘 이곳에 온 것은 긴히 의논할 일이 있어서이오. 그건 가주의 조카하고도 함께 의논해야 할 일이니 대주를 좀 불러주시지요."

이곽봉이 유한성과 배석하기를 원했다.

유세천은 즉시 시비를 시켜 유한성을 불러오도록 했다.

차 한 잔을 다 마셨을 즈음 온통 땀에 젖은 얼굴을 한 유한성이 집무실로 들어왔다.

"오랜만에 뵙습니다."

약간 뜻밖의 표정이 된 유한성이 이곽봉을 향해 인사를 했다.

"갈수록 헌헌장부가 되어가는구먼. 이젠 절세고수의 풍모가 내비쳐. 허허허!"

이곽봉이 감탄 어린 눈으로 유한성을 쳐다보며 말했다.

그의 말대로 수백 명의 부하를 거느린 유한성의 몸에서는 아랫사람들을 가르치는 절제된 기품이 흐르고 있었다.

"앉거라. 이 노야께서 너와 함께 상의할 일이 있으시다기에 불렀다."

자리를 권한 유세천이 차를 따라주었다.

유한성은 차 한 잔을 훌쩍 마신 후 담담히 이곽봉의 말을 기다렸다.

이곽봉은 잠시 침묵을 유지하다가 입을 열었다.

"단도직입적으로 말하겠네. 타격대주께서 오룡회의 일원이 되어주게."

이곽봉이 찌르듯 유한성을 쳐다보았다.

뜻밖의 제안에 유세천은 두 눈을 크게 뜨고 이곽봉을 쳐다보았다.

오룡회는 단심맹과의 대결에서 패해 이미 사라진 단체이다. 그런데 유한성을 보고 그곳의 일원이 되라는 것은 납득이 가지 않았다.

"오룡회는 이미 사라지지 않았습니까?"

유세천이 물었다.

"무림맹주께서 오룡회의 재건을 명하셨소."

이곽봉이 유세천과 유한성을 번갈아 쳐다보며 답했다.

"그게 정말입니까?"

유세천의 눈에 긴장감이 어렸다.

오룡회의 재건은 무림맹이 황실과 다시 척을 진다는 것을 의미한다.

그건 자칫 무림과 황실이 정면대결을 벌일지도 모르는 위험한 일이었고 최악의 경우 무림과 황실이 막대한 타격을 입고 공멸할 지도 모를 일이었다.

"지금 온 강호에 흙탕물을 일으키고 있는 놈들은 황실에도 스며들어 요공공을 비롯한 대신들을 현혹시키고 있소. 그놈들을 색출해 제거해내지 못한다면 차후에 무림과 황실은 큰 충돌을 일으킬 것이라는 판단을 하고 있소."

이곽봉은 무림맹이 오룡회를 재건하려는 이유를 설명했다.

"짐작은 하고 있었는데 결국 같은 놈들이군요."

유세천이 고개를 끄덕였다.

"청해마검이 자네의 사부님인 이상 자네도 오룡회에 대해 어느 정도 알고 있으리라 보네."

이곽봉은 유한성에게 시선을 돌렸다.

"오 년 전에 제 사부님께서 동창의 추적을 받을 때 놈들의 이목을 흐리기 위해 오룡회를 이용하셨지요."

유한성이 답했다.

"그렇군. 하지만 우리 역시 자네 사부님의 별호로 인해 많은 이익을 보았지. 자네 사부님 같은 절대고수가 버티고 있다는 생각에 단심맹 놈들이 한동안 전전긍긍하며 헛돌았지. 그때 조금만 더 힘을 썼다면 놈들을 제거할 수도 있었을 텐데……."

이곽봉의 눈에 한탄의 기운이 어렸다.

"그럼 자넨 오성상단 낙양지부에서 처음 만났을 때 내 정체를 알았겠구먼?"

이학봉이 물었다.

그때 모인 상단주들 중 한 사람이 실수로 오룡회라는 말을 입 밖으로 꺼냈고 유한성은 분명히 들었을 것이라 생각했다.

유한성은 묵묵히 고개만 끄덕였다.

"그런데 왜 아는 체를 하지 않았나?"

이곽봉이 의구심 어린 눈으로 유한성을 쳐다보았다.

자신이 오룡회 일원이라는 걸 알았다면 표정이라도 변했어야 했는데 그때의 유한성은 눈빛조차 변하지 않았다. 그래서 오룡회가 무언지 아는 것이 없다고 생각했다.

"인연이 있다면 언젠가 다시 마주칠 수도 있을 것이라고만 생각했습니다."

유한성이 답했다.

"허허―"

이곽봉이 고개를 절레절레 저었다.

"철심(鐵心)을 지닌 사내로고……."

이곽봉이 감탄을 토했다.

"그래. 자네 말대로 이렇게 다시 마주쳤네. 그러고 보면 자네와 오룡회의 인연도 결코 가볍지 않은 것 같구먼. 그러니

내 제안을 받아들여주게."

이곽봉의 눈이 깊어졌다.

"전 이미 맡고 있는 일이 있습니다."

유한성이 짤막하게 거절의 뜻을 비쳤다.

"처음 만났을 때 내가 말했을 걸세. 하늘이 사람에게 능력을 내리는 것은 그만한 일을 시키기 위함이라고. 그때부터 정호회 타격대주의 일은 너무 작다고 생각했지. 자넨 더 큰 일에 어울리는 사람이야."

이곽봉이 차분하게 말했다.

"어쨌든 전 생각이 없습니다. 이곳에서의 일도 벅차니까요."

유한성은 잘라 말했다.

무림맹이 아무리 정도무림의 중추이고 막강한 영향력을 가지고 있지만 자신과는 무관한 곳이었다.

"그럴 줄 알았네. 자넨 명리(名利)와는 거리가 먼 사람이니까."

이곽봉이 고개를 끄덕였다.

"그리고 왜 제가 오룡회의 일원이 되어야 하는지도 모르겠습니다."

유한성이 덧붙였다.

이곽봉이 굳이 자신을 오룡회의 일원으로 끌어들이려는 데는 다른 이유도 있을 것 같았다.

"허허!"

이곽봉이 웃으며 입을 열었다.

"현 강호에는 자네 같은 사람이 절실히 필요하네."

"저만한 사람은 많습니다."

유한성이 답했다.

"그렇기도 하겠지. 하지만 자네같이 철심을 지닌 청년은 드물지."

"그것만으로는 설득력이 부족한 것 같군요."

유한성의 목소리는 한 치 틈이 없었다.

"제갈세가의 강력한 추천이 있었네. 내 생각도 비슷하고."

제갈세가는 현 무림맹의 군사 가문이다. 그들이 천거를 했다면 무시할 수도 없었을 것이다.

"제갈세가에서 우리 한성이를 어찌 안단 말입니까?"

유세천이 눈을 크게 떴다.

조카 유한성의 사부가 청해마검이란 사실은 이제 모르는 사람이 거의 없지만 그렇다고 천하의 제갈세가가 강력히 천거를 했다는 것은 납득이 가지 않았다.

"얼마 전에 제갈세가의 소가주와 타격대주가 정가장에서 조우한 적이 있었나 봅니다. 그때 제갈세가의 소가주가 큰 감명을 받은 것 같았소. 그가 말하길 가주의 조카는 깊은 심계와 함께 단번에 사람을 꿰뚫어보는 칼날 같은 눈을 가진 사람이라고 했소. 그런 사람이 오룡회에서 활약하면 단심맹 놈들이 추풍낙엽이 될 거라도 했고."

이곽봉은 제갈세가의 소가주 제갈신우의 말을 그대로 옮겼다.

"전 이곳에서 지켜야 할 사람들이 있습니다."

유한성이 단호하게 말했다.

"그건 익히 알고 있는 일이지. 자네가 어떻게 정주철협으로 불리는지도……. 하지만 본격적인 전쟁이 벌어지면 정호회 타격대 역시 무림맹의 본대로 편입되네. 이곳뿐만 아니라 무림맹에 가입한 모든 문파도 마찬가지네. 이미 맹에선 칙령을 준비하고 있네."

이곽봉이 무림맹의 사정에 대해서 말해주었다.

본격적으로 혈풍이 불기 시작하면 전 후방이 따로 없다. 그땐 정도무림맹에 가입된 문파는 맹주의 명에 따라 일사분란하게 움직여야 한다. 그런 사정은 무림맹에 가입된 유검가뿐만 아니라 정주의 다른 문파들도 마찬가지다.

"자네가 오룡회의 일원이 되기만 하면 유검가와 정호회 타격대에서는 단 한 명의 차출도 없을 것이네. 물론 우리 상단 연합에서 보낸 열 명의 아이 역시 그대로 둘 것이고. 그럼 자네가 지켜야 할 사람들은 무사할 뿐만 아니라 이곳 정주 역시 가장 안전한 곳이 될 걸세. 이건 맹주의 친서네."

이곽봉이 품에서 두루마리 하나를 꺼내 유세천에게 내밀었다.

두루마리에는 방금 이곽봉이 말한 내용을 유세천에게 약속한 맹주의 친필과 함께 인장이 찍혀 있었다.

무림맹주의 친서를 대한 유세천은 가볍게 손을 떨었다.

그에게 있어 맹주는 구름 위의 사람이었다.

유검가가 최근 명성을 드높이고 자신의 성취가 십성에 이르렀지만 대화산파의 장문인이자 무림맹주는 평생 한 번 보기 힘든 사람이었다.

그런 사람의 친서를 직접 받게 되었으니 가슴이 떨릴 정도였다.

친서에서 눈을 뗀 유세천은 유한성을 쳐다보았다.

자신으로서는 유한성이 이곳에 있으면 더 바랄 것이 없지만 타격대와 유검가의 검대를 생각하면 그것을 고집할 수만은 없었다.

"네가 결정할 일이다. 나는 무조건 네 의견에 따르마."

유세천이 유한성을 보며 차분하게 말했다.

유한성은 이곽봉의 제안을 들으며 역시 노회한 상인이라는 생각이 절로 들었다.

그는 자신이 절대로 응하지 않을 것이라는 것을 충분히 짐작하고 있었다. 그래서 거절하기 힘든 제안을 준비하고 온 것이다.

"시간을 좀 주십시오."

유한성이 답했다.

"그러게. 하지만 내일 아침까지는 답을 주게. 아침 일찍 떠나야 하니 말일세."

이곽봉이 고개를 끄덕였다.

"알겠습니다."

유한성이 고개를 숙이고는 일어서려는 찰나, 이곽봉이 손을 들었다.

그의 표정에 잠시 갈등의 빛이 지나갔다.

"아직 한 가지 상의할 일이 더 남았네. 이건 비밀을 요하는 사항이지만 아무래도 유가주와 대주에게는 알려주어야 될 것 같아서……"

이곽봉의 눈이 깊이 가라앉았다.

그를 쳐다보는 유세천의 눈에도 긴장감이 어렸다.

"가주께서는 내 말을 듣더라도 너무 격정에 휘말리지 않았으면 하오."

잠시 침묵을 지키던 이곽봉이 마침내 운을 뗐다.

"가주의 막냇동생… 그러니까 타격대주의 부친을 죽인 흉수의 꼬리가 보이는 것 같소."

"그, 그게 정말입니까, 노야!"

유세천이 튀듯이 일어섰다.

그의 눈에 금방 터질 듯 핏발이 돌았다.

"그게, 그게 어떤 놈들입니까?"

유세천이 달려들 듯이 고함을 쳤다.

"어허! 너무 격정에 휘말리지 말라고 하지 않았소."

손을 부들부들 떨고 있는 유세천을 쳐다보며 이곽봉이 손을 내저었다.

"앉으시오, 가주. 이래서야 내가 차분히 말을 할 수가 없지 않소."

이곽봉이 유세천을 타일렀다.

"어서, 어서 말씀을 해주십시오, 노야. 그들이 누굽니까?"

억지로 자리에 앉은 유세천이 여전히 핏발 선 눈으로 이곽봉을 쳐다보았다.

"우선 차부터 한잔 더 하시오."

이곽봉의 권유에 유세천이 차를 들었다. 그러나 찻잔을 든 손이 덜덜 떨려 찻물이 반은 쏟아졌다.

유세천이 조금 진정된 것을 본 이곽봉이 입술을 움직였다.

"최근 무림맹에서 파견되어 놈들의 본거지를 은밀히 추적하던 고수 한 명이 심장에 구멍이 난 채 발견되었다고 들었소. 그 심장의 상처는 검상이 분명한데 아무런 특징이 없는 상처라고 했소. 마치 세연이 그 아이처럼."

이곽봉의 눈에 진득한 살기가 어렸다.

이곽봉은 유세연에 대해서도 잘 알고 있는지 스스럼없이 세연이 그 아이라 칭했다.

"그놈이 누군지는 알 수가 없는지요?"

유세천이 다급하게 재촉했다.

"무림맹에서도 끈질기게 추적을 하고 있지만 하도 신출귀몰한 놈들이라 좀처럼 종적을 잡지 못하는 것 같소. 하지만 조만간 무언가 잡힐 것이오."

"저도 무림맹 총단으로 가겠습니다."

유세천이 이글거리는 눈으로 말했다.

"진정하시오, 가주! 감정적으로 움직인다고 될 일이 아니오. 이미 이십 년을 기다린 일이 아니었소. 가주의 심정은 모르는 바 아니나 세연이 그 아이는 자신의 복수를 아들이 해주기를 바라고 있을 것이오. 그래서 아들을 이리로 보낸 것이고……."

이곽봉이 차분히 말했다. 그러고는 유한성을 쳐다보았다.

유한성의 눈은 대해처럼 깊이 가라앉아 있었다.

용광로처럼 분노한 것 같기도 하고 무심한 것 같기도 했다. 그러나 그 눈에서 어떤 생각을 읽어내는 것은 불가능해 보였다.

'허어—'

이곽봉이 속으로 탄성을 토했다.

자주 대하지는 않았지만 단 한 번도 눈빛이 흔들리는 것을 본 적이 없었다.

지금의 경우도 마찬가지다.

부친을 죽인 흉수에 대한 얘기를 들었다면 눈빛이라도 변할 법한데 전혀 그렇지 않았다.

오히려 얼음처럼 차갑고 냉정하게 가라앉고 있었다.

이곽봉은 내심 침음을 흘리며 유한성을 쳐다보았다.

"답변은 내일 아침까지 드리겠습니다."

잠깐 동안의 침묵이 흐른 후 조금도 흔들리지 않는 음성으로 인사를 한 유한성이 집무실을 빠져 나갔다.

타격대가 있는 장원으로 돌아온 유한성은 우두커니 서서 대원들의 훈련장면을 쳐다보았다.

시선은 그곳을 쳐다보고 있었지만 마음은 허공을 부유하고 있었다.

이곽봉의 제안은 통첩이나 마찬가지였다.

도저히 거절할 수 없는 대가를 내밀며 하는 제안은 통첩이다.

정사대전이 벌어져도 유검가 검대와 정호회 타격대 인원은 한 명도 차출하지 않겠다는 제안을 어떻게 거절할 수 있을까?

전쟁터로 나가면 저들이 아무리 열심히 훈련을 받았다고 해도 반은 죽을 것이다. 다행히 운이 따라도 삼 할은 돌아오지 못할 것이다.

세상을 이 정도로 휘저을 만한 자들이라면 극강의 고수이리라. 그런 고수들이 뛰어들어 설치면 저들은 추풍낙엽이 될 것이다.

유검가의 검대도 마찬가지다.

타격대원들보다 사정이 조금 낫기는 하겠지만 제대로 된 고수를 만난다면 오십보백보다.

그들 검대원들 중에는 하수린의 부친 하유걸도 있다.

그 역시 전쟁터로 나가 죽을 수도 있다.

백부의 배려로 전쟁터로 나가지 않고 가문을 지키는 역할을 맡을지 모르겠지만 그건 그가 절대로 원하지 않을 것이다.

가문을 지키는 일을 오랫동안 가문에서 검대주로 뿌리를 내린 서검대나 목검대주에게 양보할 것이다.

그는 그런 사람이었다.

결국 그도 무림맹주가 보낸 칙령에 의해 전쟁터로 나가게 될 것이고 피바람에 휩싸이게 될 것이다.

자신이 무림맹으로 가면 그 모든 것이 일소된다.

그런 제안을 감히 거절할 수 있을까?

이곽봉은 절대로 거절하지 못할 것이라는 것을, 아니, 절대로 거절할 수 없을 반대급부를 가지고 온 것이다.

타격대와 유검가의 검대원들을 차출하지 않고 정주에 그대로 둔다면 이곳은 걱정할 것이 없다.

그동안 피나는 훈련으로 타격대의 합격진은 어떤 문파의 합격진 못지않게 단단하게 다져졌다. 또한 십성을 넘어선 백부 유세천은 이제 절정의 고수로 예전에 비해 배는 더 강해졌다.

자신 한 사람만 무림맹으로 간다면 그들이 정주를 수호하고 하수린 가족을 든든하게 지켜줄 것이다.

그건 정주의 모든 문파를 위해서도 크게 덕이 되는 일이었다.

'무림맹⋯⋯.'

유한성은 속으로 읊조렸다.

한 번도 보지는 못했지만 얼마나 어마어마한 곳일지는 짐작이 간다.

기라성 같은 고수들이 우글거리는 곳이고 은거기인들과 잠룡들의 경연장이리라.

솔직히 그곳으로 가서 한번쯤 그들과 부대껴 보고 싶은 호승심도 일었다.

'이젠 나도 무림인인가?'

유한성은 쓴웃음을 삼켰다.

하수린을 구하면 음풍장으로 돌아가 사부를 모시고 조용히 살거나, 그것도 여의치 않으면 어머니와 함께 살았던, 황삼과 강 노인 부부가 있는 산골 마을으로 들어가 밭을 일구며 살고자 했는데 무림맹이란 말과 함께 혈관 속에는 불끈 투지가 용솟음치고 있었다.

"휴우―"

긴 한숨과 함께 투지를 가라앉힌 유한성은 상념을 접고 타격대원들을 쳐다보았다. 아니, 눈은 처음부터 그들을 쳐다보고 있었기에 지금에서야 초점을 맞췄다는 말이 맞겠다.

혹한기였지만 역동적인 땀 냄새가 사방으로 퍼졌다.

젊음의 냄새였고 청춘의 향기였다.

저 향기들이 피 냄새에 지워지는 것은 바라지 않는다.

그동안 피도 눈물도 없이 내몰았기에 그런 생각은 더욱 간절했다.

"무슨 일입니까, 대주?"

한차례 훈련이 끝나고 대원들에게 휴식을 명한 용태진이 다가왔다.

훈련 중에는 절대로 자리를 비우지 않는 유한성이었기에 궁금증이 인 것이다.

"가주님과 급하게 상의할 일이 있었소. 훈련은 잘 시킨 것이오?"

유한성이 거의 쓰러지다시피 바닥에 누워 있는 대원들을 보며 물었다.

"보시는 대로 피땀을 흘리고 있습니다."

용태진이 고소를 머금으며 답했다.

최근 몇 달 동안 지옥이 이곳이구나 싶을 정도로 훈련을 했다.

다들 각오는 하고 있었지만 이렇게까지 할 줄 몰랐다며 혀를 내둘렀다. 그러나 유한성의 지적은 온몸에 전율이 흐를 정도로 정확하고 예리했기에 모두들 숨을 헐떡거리면서도 기꺼이 따라오고 있었다.

훈련은 전체적인 합격진의 수련이었지만 그 속에서 개개인의 장단점이 적나라하게 드러나며 성장의 발판을 마련했다.

죽을 고생을 하여 자신의 단점을, 그리고 합격진의 틈을 메웠다고 생각해도 유한성이 검을 휘두르면 여지없이 균열이 생겼고 그 균열을 메우기 위해 밤을 새운 토론이 이어졌다.

그런 노력이 있을 때마다 개인적으로나 전체적으로 한 단계씩 더 성장하며 희열에 휩싸였다.

그런 감흥이 지옥 같은 훈련도 단 한 명의 이탈자도 없이 견디게 해주고 있었다.

"그동안 고생 많았소. 그리고 많은 발전이 있었소. 오늘 훈련은 이것으로 끝내고 술이나 한잔합시다."

"대, 대주!"

용태진이 눈을 둥그렇게 떴다.

이건 해가 서쪽에서 뜰 일이다.

그동안 아무리 괄목할 만한 성과가 있었다고 해도 훈련 때의 땀 한 방울을 전쟁에서의 피 한 사발과 같다는 말과 함께 고삐를 늦추지 않았다. 그런데 휴식도 모자라 술자리라니?

"그게 정말입니까, 대주?"

혀를 빼물고 바닥에 드러누워 있던 청년 하나도 눈을 동그랗게 뜨며 일어섰다.

"정말 술을 마셔도 됩니까, 대주?"

근처에 있던 청년들이 우르르 일어나며 고함을 질렀다.

"내가 내겠소."

유한성이 짤막하게 답했다.

"대주님께서 오늘 훈련을 파하고 술을 내신다고 하오!"

청년이 목이 터져라 고함을 질렀다.

"우와!"

"와아아—"

"사랑해요, 대주님!"

드러누웠던 타격대 대원들이 모두 일어나며 함성을 질렀다.

"대체 어찌 된 일입니까, 대주? 혹시 주화입마라도 걸린 것이오?"

목구멍 속으로 연방 술을 퍼붓던 청년 하나가 유한성을 보며 물었다.

유한성의 엄명으로 몇 달 동안 입에도 대지 못했던 술을 보자 미친 듯이 마셔대고 있었다.

"정말 궁금합니다, 대주님? 절대 이럴 분이 아닌데 대체 무슨 바람이 불었나요?"

여자 대원 하나도 한손에는 술잔을, 한손에는 닭다리를 쥔 채 물었다.

"능력도 없는 날 믿고 훈련을 따라오느라 그동안 고생 많았소."

유한성도 여러 잔의 술을 마시며 대꾸했다.

"능력이 없다니요? 대주께서 능력이 없다면 세상 무인들 모두 능력이 없는 겁니다."

"맞아요. 대주로 인해 우리 정호회 타격대는 예전보다 최소 다섯 배는 더 강해졌습니다. 이젠 어떤 타격대와 견주어도 뒤지지 않을 자신 있습니다. 세상 어떤 타격대가 이런 지독한 훈련을 받았겠습니까. 그런 타격대 있으면 나와 보라고 하세요."

대원들이 이곳저곳에서 고함을 질렀다.

지옥 같은 훈련을 받을 때는 죽이고 싶은 생각마저 들 정도로 지독한 대주였지만 그때의 처절함은 훈련이 끝나는 순간 깊은 신뢰감과 강렬한 인상으로 변모한다.

지금 대원들은 유한성에게 무한한 신뢰를 보내고 있었다.

"어서들 드시오. 내일부터는 더 죽을 정도로 훈련을 할지도 모르니 오늘은 실컷 드시오."

유한성이 술잔을 들어올렸다.

"내일 죽더라도 오늘 술이 있으니 어찌 아니 즐겁겠소."

누군가 추임새를 넣었다.

"옳소. 우리가 이제껏 한두 번 죽은 것도 아니고, 이젠 죽는 것쯤 하나도 겁나지 않소. 마시고……."

"죽자!"

고함 소리와 함께 모두들 잔을 높이 들었다가 단숨에 비웠다.

유한성도 묵묵히 잔을 들어 단숨에 들이켰다.

이 술은 이별주가 될 것이다.

마음의 결정을 내리자 다른 상념도 스며들었다.

아버지의 심장을 꿰뚫은 것과 같은 검이 나타났다. 그의 검에 무림맹의 고수 한 사람도 죽었다.

그렇다면 그가 아버지를 죽인 흉수일까?

그것보다는 같은 검법을 익힌 자일 가능성이 높았다.

전에 백부 유세천으로부터 가문의 담장을 뛰어넘은 자들 중 우두머리의 검이 비슷하다는 말을 들어 언젠가 놈들이 나타날 줄을 알았지만 예상보다 훨씬 빨랐다.

그들을 찾아 복수를 해야 할까?

아직까지 그렇게 절절한 복수심은 느껴지지 않았다.

그것보다는 지켜주어야 할 사람을 반드시 지켜주어야 한다는 생각이 더 절실했다.

하유걸 가족!

그리고 정주유검가, 아니, 가문의 사람들!

이젠 같이 술을 마시고 있는 타격대원들도 그 범주에 들어왔다.

그들을 지켜주기 위해 최선을 다하다 보면 어머니가 죽도록 사랑한 남자… 아버지의 복수도 할 수 있겠지.

벌컥!

유한성은 술을 한잔 더 따라 술잔을 단숨에 비웠다.

"대주! 그동안 술이 고파 어떻게 참았소?"

유한성이 자작을 하는 모습을 본 대원 하나가 고함을 질렀다

"혹시 우리 모르게 혼자서만 마신게 아니오?"

청년 하나가 가자미눈을 떴다.

"우리가 게으름 피우는지 아닌지 한시도 자리를 비우지 않고 감시하고 있었는데 언제 혼자 마신단 말이냐."

"맞아. 어째 대주는 뒷간도 안 가오. 그런 무공도 같이 익힌 것이오?"

"와하하!"

왁자한 고함과 웃음소리가 사방으로 퍼져 나갔다.

"한 가지 발표할 것이 있소."

한동안 술자리가 더 이어진 후 유한성이 나직하게 말했다.

그러나 공력을 실은 그의 목소리는 장원 구석까지 퍼져 나갔다.

"내일부터 훈련은 용태진 일조장이 맡을 것이오."

유한성이 짤막하게 말했다.

"그, 그게 무슨 말이오? 대주는 뭐하시고?"

용태진을 비롯한 청년들의 눈이 둥그레졌다.

"가문의 일로 당분간 가봐야 할 곳이 생겼소."

유한성은 여전히 짤막하게 답했다.

"아무리 그래도 그렇지… 훈련 도중에 이탈하면 즉결처분이라 하지 않았소?"

청년들이 납득이 가지 않는 얼굴로 웅성거렸다.

"그 벌은 돌아와서 달게 받겠소. 그러니 용태진 일조장의 지휘 아래 이전과 다름없이 열심히 훈련에 임해주길 바라오."

유한성은 자리에서 일어섰다. 그러고는 바람처럼 장원을 벗어났다.

"어, 어!"

"대주!"

경호성에 가까운 외침이 터져 나왔다. 그 외침들을 뒤로한 채 유한성은 거침없이 정문을 벗어났다.

"뭐야, 이거?"

"대체 뭐라고 한 거야?"

타격대원들이 어안이 벙벙한 표정으로 유한성이 사라진 정문 쪽을 쳐다보았다.

아닌 밤중에 홍두깨도 이러지는 않을 것 같았다.

갑자기 술판을 벌인 후 가문의 일로 잠시 다녀오겠다니?

"그렇다면 이게 이별주였단 말인가?"

대원들이 서서히 감을 잡고 있었다.

태산이 무너져 내린다 해도 훈련을 중단할 사람이 아니었다. 그런 사람이 가문의 일로 잠시 다녀오겠다는 말은 믿을 수가 없었다.

　술이라도 내리지 않았다면 반이나마 믿을 수 있었겠지만 술까지 내린 행동은 이별을 뜻했다.

　"대체 무슨 일인가?"

　모두들 목을 쭉 뺐었지만 유한성의 모습은 이미 사라진 후였다.

＊　　＊　　＊

　"또 떨어져 지내야 해?"

　하수린이 망연한 표정으로 유한성을 쳐다보며 말했다.

　하유걸과 임소령 등도 너무 갑작스런 일에 당황한 기색이 역력했다.

　유한성이 정주로 와서 타격대를 훈련시키는 요 몇 달은 그 어떤 때보다 행복했다.

　아무런 걱정도 없었고, 세상 부러울 것 하나 없었다.

　한데 이젠 다시 헤어져야 한다는 생각에 하수린은 물론, 다른 사람들도 성벽이 왕창 무너지며 바깥바람이 그대로 들이닥치는 것 같았다.

　"최대한 빨리 돌아올게."

유한성이 담담한 음성으로 하수린을 달랬다.

"왜 네가 무림맹에 가야 하는 거냐? 무림맹이 너에게 뭘 해 줬다고?"

하정욱이 목소리를 높이며 말했다.

"이제까지는 해준 것이 없지만 앞으로는 많은 걸 해달라고 윽박질러야죠."

유한성이 흐릿하게 웃으며 말했다.

"무언가 거래가 있는 모양이구나?"

냉철한 하정탁이 사정을 짐작하고 나왔다.

"그런 거냐? 네가 무림맹으로 가면 뭘 준다고 하더냐?"

하정현도 목소리를 높였다.

"그곳에서 찾을 사람도 있습니다."

유한성이 말꼬리를 돌렸다.

"찾을 사람? 누구 말이냐?"

하정욱이 유한성을 빤히 쳐다보며 물었다.

"그건 갔다 와서 얘기해 드리겠습니다."

유한성이 답을 피했다.

"휴우―"

유한성이 한번 결심한 일은 하늘이 무너져도 행한다는 것을 안 하정욱은 긴 한숨을 내쉬었다.

"부디 몸조심하게."

하유걸이 가라앉은 음성으로 말했다. 이곳 정주유검가는

세상 어느 곳보다 안전하지만 유한성이 없다고 생각하니 벽이 반은 얇아지는 느낌이 들었다.

"보고 싶어서 어떡하지, 내 아들!"

임소령이 굵은 눈물을 흘렸다.

그녀에겐 유한성은 이젠 완전한 아들이었다.

"건강하게 잘 갔다 와. 저번처럼 너무 오래 기다리게는 하지 말고."

하수린은 끝까지 눈물을 보이지 않고 유한성의 마음을 편하게 해주었다.

第八十四章

무림맹 입성

'내가 왜 이러지?

무림맹 총단의 삼 층 난간에서 사마소정은 놀란 얼굴로 두 눈을 비볐다.

어제 밤늦게까지 잠을 이루지 못하다가 새벽녘에 겨우 잠이 들었다. 그래서 헛것이 보이는 것 같았다.

눈을 가늘게 뜬 사마소정은 삼 층 난간 아래로 목을 길게 빼어 자신이 본 것이 헛것임을 확인하고자 했다.

어느새 헛것은 사라지고 빈 복도만 보였다.

"자라보고 놀란 가슴 솥뚜껑 보고도 놀란다더니. 휴—"

사마소정은 길게 한숨을 내쉬었다.

태어나서 그렇게 절실하게 죽음을 의식해 본 적은 없었다.

검날이 목에 닿아 시퍼런 살기를 내뿜던 그 순간은 이렇게 죽는구나 하는 생각밖에 들지 않았다.

그런 참담한 기분을 안겨주었던 사내의 모습이 조금 전 착각처럼 망막에 어린 것이다.

그러나 그가 이곳에 나타날 리 만무하다.

피곤해서 헛것을 본 것이 확실했다.

다시 한 번 한숨을 내쉰 사마소정은 복도를 돌아 나갔다.

'열다섯!'

유한성은 무림맹 총단의 복잡한 내당 복도를 지나며 숫자를 세었다.

그것은 은신하고 있는 무인들의 숫자였다.

군사 제갈진의 집무실로 향하는데 그만한 숫자가 은신하고 있다면 총관이나 맹주 처소로 향하는 길목에도 마찬가지일 것이라는 생각이 들었다.

아니, 오히려 더 많았으면 많았지 적지는 않을 것이다.

그들은 절정에 이른 고수들이었다.

누군가 저들을 뚫고 맹주 집무실이나 총관 집무실로 스며들 수 있을까?

만약 자신이라면?

유한성은 엉뚱한 상상을 한번 해보았다.

그들이 훤히 감지되었기에 그런 상상을 하게 된 것이리라.

고소를 삼킨 유한성은 계속해서 걸음을 옮겼다.

저벅!

저벅!

안내를 맡은 사내는 말을 흘리면 죽기라도 하는 듯 한마디도 하지 않고 걸음만 옮겼다.

그건 유한성도 마찬가지였다.

"이곳이오."

사내는 비로소 말이라는 것을 하며 손짓으로 방을 가리켰다.

유한성은 목례를 한 후 방문 앞으로 걸어갔다.

드르륵—

방문 앞에 서자마자 문이 열렸다.

방문 안쪽에 있는 두 명의 무사가 연 것이다. 그들 역시 은신자들과 마찬가지로 무림맹의 군사 제갈진을 호위하는 사람들이리라.

"들어오게."

방 안쪽에서 중후한 목소리가 들렸다.

유한성은 천천히 안으로 들어갔다.

천장에 두 명!

양 벽에 각각 두 명!

바닥에 네 명!

역시 무림맹이란 생각이 들었다.

군사 제갈진의 집무실에는 도합 여덟 명이 은신하고 있었다.

애써서 색출하려고 한 것은 아니지만 훤히 보이니 세어 본 것이다.

제갈진 앞에 선 유한성은 그들에게서 신경을 접고 가볍게 고개를 숙인 후 제갈진에게로 시선을 모았다.

제갈진!

제갈무후의 후손으로 현 무림 최고의 두뇌이자 무림맹의 군사!

그 외 다른 수식어는 사족에 불과할 것이다.

나이는 오십 초반 정도에 옥을 깎아 만들지 않았나 하는 생각이 들 정도로 청수한 중년인이었다.

유한성은 제갈진의 시선을 받았다.

호수처럼 깊은 눈이었다.

그러면서도 세상 모든 것이 다 담긴 듯한 눈이었다.

유한성은 불식간에 제갈진의 내력을 읽었다.

결코 의도한 것은 아니지만 온통 고수들 천지인 무림맹 총단이다 보니 자신도 모르는 사이에 능력이 발동하며 시시각각 감지되었다.

유한성은 조금 놀라는 심정이 되었다.

군사 제갈진은 절정의 고수였다.

무림 최고의 두뇌이기에 그쪽으로 너무 발달하여 무공은 조금 약할 줄 알았는데 절대로 그렇지 않았다. 그는 문무양면을 고루 갖춘 극강의 고수였다.

"와줘서 고맙네. 나는 제갈진이라 하네."

자신을 소개하면서 제갈진은 보일 듯 말듯 눈 사이를 좁히며 유한성을 쳐다보았다.

아마도 유한성이 지닌 또 하나의 눈이 자신의 내부를 탐색하는 것을 미세하게나 감지한 모양이었다. 그러나 유한성이 단 한 점의 내력도 끌어올리지 않았기에 제갈진은 의심을 지울 수밖에 없었다.

대신 제갈진의 기운이 유한성의 내력을 읽는 것이 느껴졌다.

이런 고수들에게 감추는 것은 역효과다. 그냥 내버려두는 것이 낫다.

아니, 오히려 허점을 보여야 한다.

"유한성입니다."

포권을 쥐어 마주 인사한 유한성은 단전 깊은 곳에 갈무리한 내력의 반을 끌어올렸다. 그리고는 은근히 혈맥 곳곳으로 퍼져 나가게 했다.

마치 내 나이에 이 정도면 놀랍지 않느냐 하고 자랑이라도 하듯이.

"먼 길 오느라 고생 많았네. 앉게."

흐릿한 미소를 지은 제갈진이 자리를 권했다.

"단영아! 차를 내오너라."

유한성이 자리를 잡자 제갈진이 옆문 쪽을 보며 말했다.

"지금 가져갑니다."

청아한 목소리와 함께 문이 열리며 묘령의 여인이 차탁을 들고 들어왔다.

"인사하게. 내 딸 단영일세."

제갈진이 여인을 소개했다.

"제갈단영이라고 해요."

제갈단영이 살포시 고개를 숙였다.

"유한성입니다."

마주 인사한 유한성은 제갈단영과 시선을 마주쳤다.

순간적으로 가슴이 울렁! 하는 느낌을 받은 유한성은 불식간에 내력을 끌어올리려다 급히 긴장을 풀었다.

그녀의 미모 때문이 아니었다.

물론, 순위를 따진다면 무림삼미(武林三美)나, 못해도 무림오미(武林五美) 정도의 수식어는 따라붙을 듯 아름다웠다.

유한성을 놀라게 한 것은 그녀의 눈이었다.

눈!

제갈진의 눈도 심연처럼 깊고 세상만사가 다 담긴 듯한 눈이었다. 그러나 제갈단영에 비하면 연못과 호수 정도의 차이가 났다.

그녀의 눈은 그야말로 혜안(慧眼)이나, 더 나아가 신안(神眼)이라고 할 만큼 깊고 맑았다. 너무 맑아 상대방의 거짓이나 생각이 그대로 투영될 것 같은 기분마저 들었다.

그녀의 내력을 읽던 유한성은 한 번 더 놀랐다.

그녀는 무공이라고는 손톱만큼도 익히지 않고 있었다.

그녀의 몸속을 떠도는 호흡은 그냥 평범한 사람들의 호흡이었다.

일정하지도, 도도하지도 않고 몸을 조금만 움직여도 시시각각 변하는 산골 촌부의 그것과 똑같았다.

제갈세가의 여식이 무공을 전혀 익히지 않았다는 것은 이해가 되지 않았다. 무(武)보다는 문(文)이 더 강한 집안이었지만 그녀의 오빠인 제갈신우는 절정을 바라보는 고수였다.

그렇다고 하수린처럼 절맥의 기운도 보이지 않았다.

천성적으로 무공을 싫어해서 그럴 수도 있지만 무림맹의 총단에까지 온 여인이 무공을 전혀 모른다는 것은 정말 의외였다.

또한 그녀에게서는 진한 외로움의 냄새가 흘러나왔다.

그런 기운은 누구보다 유한성이 잘 알았다.

어머니도 그랬고 하수린도 그랬다. 또한 자신 역시 그런 세월 속에서 여기까지 왔다. 하지만 부러울 것 없는 명문세가의 여식에게서 그런 기운이 흘러나온다는 것은 쉽게 납득이 가지 않았다.

사정이 있을 것이란 생각과 함께 유한성은 이내 의혹을 접고 찻잔을 입으로 가져갔다.

"말씀 많이 들었어요. 공자님 덕분에 정주는 철옹성이라죠?"

차를 한 모금 마시자 제갈단영이 호수처럼 깊은 눈빛과 함께 말을 걸어왔다.

"제가 없었어도 마찬가지였을 겁니다."

유한성은 차분한 음성으로 답했다.

제갈단영의 눈이 반짝 이채를 띠었다.

"일전에 제 오라버니께서 공자님을 보고 많이 놀랐다고 하더군요."

제갈단영이 옅은 미소를 지었다.

그런 그녀의 미소에 제갈진은 눈을 둥그렇게 뜨고 딸을 지켜보았다.

그건 무척이나 이례적인 일이었다.

유한성은 그녀의 말이 무엇을 뜻하는지 몰라 묵묵히 그녀를 쳐다보기만 했다.

제갈단영의 눈이 다시 이채를 띠었다.

"오라버니 말씀이 공자님은 투안(透眼)의 소유자라 하더군요."

'투안?'

유한성은 순간적으로 가슴이 서늘해지는 느낌이 들었다.

그런 단어는 처음 들어보았지만 글자 그대로 해석하자면 물체를 투과하는 눈이라는 말이다.

자신의 능력은 뱀의 감각과 일맥상통한 것이지만 제갈신우가 말한 것과 비슷한 면도 있다.

설마 제갈신우가 자신의 능력을 꿰뚫어본 것인가?

그럴 리는 없다.

자신과 같은 경우는 산동제일의 천호연도 겪어보지 못했다고 했다.

보통 사람들이라면 한나절을 두고 설명을 해도 믿지 못할 일이었다. 그런데도 그런 표현을 쓴 제갈신우의 날카로움에 역시 제갈세가라는 생각이 절로 들었다.

"무슨 뜻인지 모르겠군요."

유한성이 무뚝뚝하게 대꾸했다.

"그래요. 저도 그런 단어는 들은 적이 없거든요. 오빠는 공자님의 날카로운 눈썰미를 그렇게 표현한 것 같아요. 하지만 제가 보기에는 공자님에게는 철심의 소유자라는 말이 더 어울리는 것 같군요."

말을 마친 제갈단영이 얼굴 위로 손을 올려 흘러내린 머리카락을 뒤로 젖혔다.

극히 자연스러운 행동이었지만 어떤 사내의 가슴이라도 진탕시킬 만한 아름다움이 흘러나왔다.

유한성은 묵묵히 찻잔을 기울였다.

투안이란 말은 처음 들었지만 철심이란 말은 익히 들었다. 그래서 아무런 대꾸 없이 차만 마셨다.

그런 유한성의 모습에 제갈단영의 눈에 어린 이채가 더 짙어졌다.

"자네가 이곳으로 온 이유는 오룡회의 일을 하기 위해서일세."

찻잔을 내려놓은 제갈진이 서두를 꺼냈다.

"오룡회는 전대 황제가 비밀리에 만들었던 황실의 조직일세. 그들이 실패함으로서 세상이 훨씬 어지러워졌지. 반면 그들이 성공했다면 세상은 지금과는 많이 다른 모습이겠지."

제갈진이 아쉬운 표정으로 허공을 쳐다보다가 말을 이었다.

"그건 그만큼 그들의 역할이 중요하다는 말일세. 알고 있는지 모르겠지만 지금 세상을 어지럽히고 있는 놈들이 제일 중점적으로 관심을 두는 곳은 흑도세력이 아니라 황실이라네. 놈들의 움직임을 보면 황실과 무림의 충돌을 획책하고 있다는 확신이 드네. 그 와중에 흑도세력들이 뛰어들고, 또… 극비이긴 하지만 외세까지 가세한다면 세상은 더없이 어지럽게 될 것이야."

제갈진은 중원의 상황에 대해 간략히 설명했다.

"지금 제일 시급한 것은 놈들의 본거지를 찾고 그곳을 격파하는 것이지만, 가장 위험한 곳은 황실이라네. 그래서 맹주께서는 오룡회를 재건하여 황실에 스며든 홍화교 놈들을 제거하려 하는 것이지. 그것만 성공하면 놈들의 준동을 몇 달은 늦출 수가 있네. 무림은 또 그만큼 숨통이 트이는 것이고.”

제갈진은 오룡회 재건의 당위성도 간략하게 설명했다.

“제게 그럴 만한 능력이 있는지 의심스럽군요.”

유한성이 담담히 말했다.

“나는 내 자식들의 눈을 믿는다네.”

제갈진이 미소를 지었다.

“마음 같아서는 술이라도 한잔 나누고 싶지만 오늘은 피곤할 테니 상견례 정도로 끝내고 술은 다음으로 미루세. 어서 숙소로 가서 쉬도록 하게.”

잠시 더 유한성을 쳐다보던 제갈진이 고개를 끄덕였다.

“다시 뵈어요, 공자님.”

제갈단영도 가볍게 고개를 숙였다.

유한성은 제갈진의 행동에서 약간의 의구심을 느꼈다.

그가 지금 말한 것은 지극히 원론적인 것이었다. 외세가 가세한다는 말은 처음 듣는 것이긴 하지만 다른 것은 이미 알고 있거나 충분히 짐작이 가능한 것이었다. 그러기에 이렇게 집무실까지 자신을 부를 필요가 없는 것이었다.

어쩌면 오늘의 이 자리는 그의 말대로 상견례라는 목적이 더 큰 것 같다는 생각이 들었다. 그렇다 해도 딸까지 차 시중을 들게 하며 내보일 필요는 없었다.

'지내보면 알겠지.'

유한성은 의구심을 접고 찻잔을 내렸다.

"그럼!"

유한성은 짤막하게 인사를 한 후 의자에서 몸을 일으켰다.

유한성이 일어서자 문 앞에 있던 사내들이 문을 열었다. 그리고 아까 이곳까지 인도를 한 사내가 기다리고 있었다.

유한성은 사내를 따라 숙소로 향했다.

"어떠냐?"

유한성과 유한성을 안내하는 사내의 발소리가 완전히 사라지자 제갈진이 흥미로운 표정과 함께 딸에게 질문을 던졌다.

"정말 강한 사람이군요."

제갈단영이 차분하게 말했다.

"그러하냐?"

제갈진이 약간 시큰둥한 반응을 보였다.

"아버지께서는 그렇게 생각지 않는가 보군요."

제갈단영이 제갈진의 내심을 읽은 듯 말했다.

"뭐, 꼭 그렇다기보다… 조금은 공명심도 있는 것 같고……."

제갈진이 말끝을 흐렸다.

이제껏 딸의 눈은 한 치 틀림이 없었기 때문이다.

딸 제갈단영은 그런 눈을 타고났다.

그게 천복인지 천형인지 알 수는 없지만 딸은 어릴 때부터 사람의 마음을, 아니, 정확히 말하면 사람의 심성을 읽는 능력이 있었다.

열 길 물속은 알아도 한 길 사람 속은 모른다는 말이 있다.

그만큼 사람의 마음을 헤아리기는 힘들다는 말이다.

수십 년 동안 혈육처럼 친하게 지낸 친구에게 배신을 당하는 그 순간에서야 잘못 알았다는 것을 깨닫는다.

또 인자한 얼굴 뒤에, 또는 가슴 저 밑바닥에 숨은 광기 어린 살심을 감춘 정인군자들도 많다.

제갈단영은 첫 대면부터 그런 것을 읽는, 아니, 감응하는 능력이 있었다.

아무리 잘해주고, 아무리 인자하게 대해 주어도 마음속에 흉심을 품은 사람들은 본능적으로 알아내고 거리를 두었다.

반면, 아무리 험악한 인상과 거친 행동을 하는 사람들이라도 그 내면에 자리한 아픔과 순수함에 감응하며 손을 내밀었다.

그것은 어떤 면에서는 형벌과도 같았다.

가장 가깝고 친한 사람의 내면에 아무도 모르게 숨어 있는 관음증이나 도벽, 편집증 등의 감정이 불식간에 읽어진다면 어떨까?

그건 귀신을 볼 수 있는 능력만큼 끔찍스러울 것이다.

극히 드물게는 큰 도움도 되겠지만 본인에게는 천형이다.

더군다나 그런 능력 때문인지 무공도 익히지 못한다면 더더욱 그럴 것이다.

그래서 제갈단영은 철들기 시작하면서부터 사람들을 피했고 지독히 외로웠다. 자연히 미소도 잃었다. 나중에서야 그걸 안 제갈진은 뼈를 깎는 노력 끝에 그걸 극복하게 만들어 이제는 이곳 무림맹에까지 데리고 왔다.

"그 사람에게서 공명심을 느꼈다면 그건 아버지께서 속은 거예요. 그 사람은 하늘이 무너져도 공명심에 휘둘릴 사람이 아니에요."

"내가 속아?"

제갈진이 이젠 눈살마저 찌푸렸다.

"천하의 이 제갈진이?"

제갈진이 다시 확인했다.

"그래요. 그는 아버지께서 짐작하신 것보다 몇 배는 더 강한 사람이에요. 다만 철벽보다 더 강건한 심성으로 그걸 드러내지 않고 있어요. 그는 만년거암처럼 견고한 내면을 지닌 사람이에요."

제갈단영이 확신 어린 눈빛과 함께 말했다.

제갈진은 딸의 말을 믿어야 할지 말아야 할지 모르겠다는 표정으로 그녀의 다음 말만 기다렸다.

"만약 이 세상에서 마지막까지 약속을 어기지 않을 한 사람을 택하라면 전 한순간의 망설임도 없이 그를 택하겠어요.

또한 그는 내 능력이 가장 통하지 않는 사람이에요."

제갈단영의 입가에 다시 미소가 어렸다. 그리고 그 미소는 한참이나 지워지지 않았다.

제갈진은 망연히 딸의 얼굴을 쳐다보고만 있었다.

일 년에 한 번 보기도 힘든 천상의 미소였다. 그런데 오늘은 두 번씩이나 미소를 지었다.

또한 미소가 저렇게 오래 머무는 것은 여섯 살 때 이후로는 한 번도 본 적이 없었다.

제갈진은 난생처음으로 머리가 혼란해지는 기분은 느꼈다.

"그럼 총관님께 연락을 드려도 되겠구나."

한참 후 제갈진이 말했다.

"그렇게 하세요. 놓치면 후회할 거예요."

제갈단영이 고개를 끄덕였다.

第八十五章

뜻밖의 사실

유한성에게 배정된 숙소는 무림맹의 내당 외곽에 있는 삼층 건물의 이 층이었다.

내당에는 무림맹의 수뇌부와 그에 관련된 사람들만 기거한다고 들었는데 자신의 처소가 내당이라는 것은 뜻밖이었다.

오룡회의 일이 극히 중요하다고 하지만 수뇌부들의 거처에 자신을 머물게 할 줄은 몰랐다.

군사 제갈진이나 그의 딸 제갈단영이 자신을 대하는 모습에서 오룡회의 일 외에도 무언가 다른 목적이 있는 것 같다는 느낌을 받았는데 아직은 짐작이 가지 않았다.

어쨌든 내당의 숙소는 최고급이었다.

유한성은 간단히 짐을 푼 후 창문을 열고 사방을 살폈다.

내당의 건물들은 일반 장원과는 많이 다른 모습을 하고 있었다. 배치가 묘하게 된 곳도 있었고 건물 모양 역시 기이한 형태도 많았다.

아마도 진식의 원리를 이용해 지은 것 같았다.

그러고 보면 이곳은 처음부터 무림과 관련된 건물 같았다.

유한성은 건물 아래층과 위층을 살폈다.

내당 한복판에 있는 건물에서처럼 매복이나 은신의 기척은 느껴지지 않았다. 그리고 한적하고 조용한 분위기가 느껴졌다.

'오룡회라…….'

유한성은 오룡회에 대해서 생각해 보았다.

자신이 아는 바로는 오룡회는 성군인 전대황제가 요공공을 비롯한 탐관오리들을 축출하기 위해 만든 비밀조직이라고 했다. 황제와 오룡회가 패권싸움에서 이겨 탐관오리들을 몰아냈다면 세상은 지금과 정반대의 모습이 되었을지도 몰랐다.

안타깝게도 전대황제와 오룡회는 탐관오리들의 집합체인 단심맹에 패해 제거되었다. 또한 오룡회 역시 뿔뿔이 흩어졌다.

그 오룡회를 이젠 무림맹주가 재결성시키고자 하고 있다.

황제와 무림맹주!

어쩌면 일맥상통하는 사람들일 수도 있었다.

한 사람은 백성의 우두머리고 한 사람은 정파무림의 우두머리다. 그래서 세상을 안정시킬 가장 빠른 방법을 찾아 같은 선택을 한 모양이었다.

과연 그 오룡회의 주역들은 어떤 사람들일지 궁금했다.

자신은 오룡회 수뇌부들의 지시를 받아 모종의 임무를 수행하는 정도일 것이기에 그들의 진면목은 끝까지 볼 수 없을지도 모른다. 그래서 더 궁금했다.

'운이 좋으면 그들을 직접 볼 수도 있겠지.'

유한성은 오룡회에 대한 상념을 접고 침대에 앉아 가부좌를 틀었다.

눈이 많이 와서 노정은 예상보다 길었지만 피로감은 조금도 느껴지지 않았다.

몸속에 충만한 내력과 함께 하루하루 성취가 높아가는 현천심공으로 이젠 사흘 밤낮을 경공을 펼친다 해도 별로 지치지 않을 정도였다.

그만큼 충실한 내력을 쌓아가고 있었다.

숨을 고르며 현천심공에 빠져들려던 유한성은 눈을 뜨고 가부좌를 풀었다.

밖에서 누군가 다가오고 있었다.

미세한 기척조차 새어나오지 않는 정제된 걸음걸이와 표

홀한 움직임은 절정을 훨씬 넘어선 고수였다.

유한성은 자신도 모르게 긴장으로 몸이 굳는 느낌을 받았다.

출관한 후 처음으로 사부와 버금가는 고수를 감지한 것이다. 그리고 그 고수는 자신의 숙소로 곧장 다가오고 있었다.

"들어가도 되겠나?"

잠시 후 문 밖에서 중후한 중년인의 목소리가 들렸다.

낮고 차분하지만 함부로 범접할 수 없는 기운이 서린 음성이었다.

유한성은 천천히 다가가 문을 열었다.

문 밖에는 제갈진 못지않은 풍모의 중년인이 뒷짐을 지고 서 있었다.

"누구신지……?"

유한성은 중년인의 정체를 물었다.

"남궁정한이라 하네."

중년인의 대답에 유한성은 잠시 혼란한 심정이 되었다.

자신이 잘못 알고 있는 것이 아니라면 남궁정한은 현 무림맹의 총관으로 맹주 바로 아래의 위치에 있는 사람이었다. 또한 그는 허창의 정호회 타격대에 스며든 세가의 청년들 중 한 사람인 남궁성민의 부친이기도 하다.

"들어오십시오."

유한성은 고개를 숙임과 함께 남궁정한을 안으로 맞았다.

그가 왜 혼자서 자신의 처소로 왔는지 혼란스럽기 짝이 없었지만 신분을 알았으니 손님으로 맞아야 했다.

"아무런 기별도 없이 찾아와서 미안하네."

유한성이 건넨 자리에 앉은 남궁정한이 가벼운 사과의 말을 건넸다.

유한성은 말없이 남궁정한의 얼굴만 쳐다보았다.

아무리 생각해도 무림맹의 총관이 혼자서 이곳까지 온 이유가 짐작되지 않았다.

오룡회에 관한 자세한 일에 대해서는 아직 아무런 말도 듣지 못했다.

설사 그것에 대한 일을 논의하고자 한다고 해도 총관이 직접 나설 일이 아니다. 적당한 사람을 시키거나 불러서 지시를 하면 되는 것이다.

그러고 보면 무림맹 총단 입구에서 배첩을 내밀자마자 중년인 하나가 뛰어와서 자신을 곧바로 군사 제갈진의 처소로 데리고 간 것부터 납득이 안 가는 일이었다.

"차 한 잔 주겠나?"

남궁정한이 흐릿한 미소를 지으며 말했다.

표정은 웃는 것 같았지만 과중한 업무 때문인지 그의 눈은 충혈되어 있었다.

"죄송합니다."

유한성은 실례를 깨닫고 풍로 위에 놓인 주담자를 들었다.

주담자 안에는 김이 모락모락 나는 차가 들어 있었다. 이곳에 오기 전에 시비들이 준비를 해놓은 것 같았다.

쪼르르—

차를 따르자 남궁정한은 묵묵히 차를 마셨다.

향기가 좋은 차였지만 그의 얼굴은 소태를 마시는 것처럼 굳어 있었다.

"질문을 하나 해도 되겠나?"

찻잔을 내려놓은 남궁정한은 불쑥 말했다.

유한성은 묵묵히 고개를 끄덕였다.

무척 건방져 보일 만한 행동이었는데 유한성에게는 그게 너무 잘 어울렸다.

"허창에서 내 아들은 만났다고 했나?"

남궁정한이 유한성을 정시하며 물었다.

그의 눈이 더 충혈된 느낌을 주었다.

"그렇습니다."

유한성이 답했다.

"어떤 아이 같던가?"

남궁정한이 갈피를 잡을 수 없는 질문을 다시 던졌다.

유한성은 남궁정한이 왜 이런 질문을 던지는지 의구심에 휩싸인 채 입을 열었다.

"너무 짧은 만남이라 잘은 모르겠지만 공명정대한 사람 같았습니다."

유한성은 허창에서 본 그의 모습을 떠올리며 답했다.

그와 대면한 일이라고는 세가의 청년들과 함께 집무실로 찾아왔을 때가 처음이자 마지막이었다.

그때 진주언가의 언유인이 주먹을 뻗으며 예상치 못한 대결이 벌어졌고 그는 끝까지 지켜보다가 마지막에 말리기 위해서 나섰다. 감정에 휘말린 다른 청년들에 비해서 그는 묵직한 구석이 있었다.

"다른 것은 없는가?"

천천히 고개를 끄덕인 남궁정한이 다시 물었다.

"배려심도 깊은 것 같더군요."

같이 오고 싶지 않았지만 다른 사람들의 의견을 무시하지 못하고 같이 집무실을 찾아 어색해하던 그의 표정을 떠올리며 유한성은 한 가지 답변을 더 해주었다.

남궁정한은 다시 고개를 끄덕였다.

"그에게 무슨 일이 있습니까?"

이번에는 유한성이 질문을 던졌다.

남궁정한인 자신의 아들에 대한 것을 처음 본 사람에게 묻는 것으로 보아 문득 그런 생각이 들었다.

유한성의 질문에 남궁정한은 천천히 일어섰다. 그러고는 뒷짐을 지고 창가로 가서 창밖을 쳐다보았다.

"자네를 통해서 내 아들 녀석의 모습을 조금이라도 더 상기하고 싶어 주책을 부렸네."

"……?"

"내 아들은 이제 이 세상 사람이 아닐세."

잠시 침묵을 지키던 남궁정한이 피를 토하듯 말했다.

유한성은 뭘 잘못 들은 것이 아닌가 하는 표정으로 남궁정한을 쳐다보았다. 그러나 그는 석상처럼 꼼짝도 하지 않고 창밖만 바라보고 있었다.

유한성은 혼란의 소용돌이에 빠진 심정이었다.

무림맹 총관 남궁정한의 아들 남궁성민이 죽었다!

그리고 그의 부친 남궁정한은 몸소 이곳까지 와서 그 사실을 알려주었다.

그건 무엇을 뜻하는가?

남궁성민의 죽음이 자신과 관계가 있다는 말인가?

머릿속이 실타래처럼 엉킨 기분이 될 때쯤 남궁정한이 등을 돌렸다.

"내 아들의 원수를 찾아주게."

남궁정한이 다시 불쑥 말했다.

유한성은 여전히 혼란한 심정에 남궁정한을 쳐다만 보고 있었다.

"거두절미하고 내 말만 해서 미안하네. 그리고 무척 혼란할 것이라 생각하네. 내 아들은 지금 온통 세상을 어지럽히는 홍화교의 소굴을 찾기 위해 허창에서부터 놈들을 추적하였네. 그건 자네도 잘 알걸세."

남궁정한이 비로소 앞뒤를 자르지 않은 설명을 해나갔다.

유한성은 남궁정한의 얼굴에 시선을 고정시킨 채 다음 말을 기다렸다.

남궁정한은 다시 뜸을 들였다.

유한성은 그의 내력을 읽었다. 아니, 자연스럽게 눈에 들어왔다.

그의 내력은 지금 주화입마의 초기와 같이 온 혈맥을 질주하고 있었다. 그런데도 겉으로는 담담한 신색을 내보이고 있었다.

초인적인 인내심의 발로란 생각이 들었다.

비로소 유한성은 남궁정한의 눈이 충혈되어 있는 이유를 알 것 같았다.

처음 봤을 때는 과로 때문이라 생각했는데 아들의 죽음에 따른 극심한 슬픔과 분노 때문이었다.

그 분노와 슬픔을 속으로 삭이느라 지금 제대로 대화도 이어가지 못하는 상태였다.

남궁성민과의 대면은 극히 짧았다.

그 일로 서로 감정을 상할 정도도 아니었고 또 호감을 가질 만큼도 아니었다.

그러나 그가 죽었다는 사실은 마음을 착잡하게 만들었다.

"언제 그랬습니까?"

유한성은 남궁정한의 마음을 가라앉힐 필요를 느끼며 먼

저 질문했다.

"허창에서 놈들을 쫓기 시작한 열흘 후에 그랬네."

남궁정한이 조금 마음을 가다듬으며 답했다.

"그곳은 어디였습니까?"

유한성이 다시 질문을 던졌다.

"낙양일세."

'낙양?'

유한성은 눈 사이를 좁혔다.

정주와 얼마 떨어지지 않을 곳이고 오성상단의 지부가 있는 곳이기도 했다.

"누구의 소행인지는 밝히지 못했습니까?"

유한성은 다시 질문을 던졌다.

"심장에 구멍이 나서 죽었네. 그런데 상처에서는 아무런 특징을 찾지 못했네."

남궁정한의 목소리가 억눌린 채 흘러나왔다.

유한성은 순간적으로 피가 역류하는 느낌을 받았다.

심장을 꿰뚫은 아무런 특징이 없는 검상!

자신의 부친인 유세연의 가슴에도 그런 상처가 났다고 했다.

"그렇다면 이곽봉 노야께서 말한 고수가 총관님의 아들이었습니까?"

유한성은 뭔가 짚이는 것이 있어 질문을 던졌다.

"그렇다네. 이 상단주는 내 부탁을 받고 자네에게로 간 것이지."

남궁정한은 긴 한숨을 내쉬었다.

그와 함께 그의 혈맥을 폭주하던 기운이 조금씩 진정되기 시작했다.

비로소 남궁정한은 제대로 된 설명을 해나갔다.

"아들이 싸늘한 주검으로 돌아온 후 난 거의 미칠 지경이었네. 마음 같아서는 우리 가문의 모든 힘을 다 동원해서라도 놈들을 잡고 싶었네. 하지만 현 무림의 상황은 사사로운 감정에 휘말릴 때가 아니었네. 특히 무림맹의 총관의 자리에 있는 나로서는 더더욱 냉정을 유지해야 했지."

남궁정한의 숨결에서 탁한 기운이 느껴졌다.

그동안 억누른 격한 감정의 소용돌이가 그의 심맥 몇 가닥을 손상시킨 결과였다.

"나는 미쳐 버릴 것 같은 내심을 가까스로 억누르고 아들의 행적에 대해 조사를 시작했다네. 아들은 그때 놈들의 본거지를 알아내기 직전까지 간 모양일세. 그리고 만일에 대비해 총단에 전서를 날렸네. 하지만 그것이 문제였네."

남궁정한의 목소리가 격해졌다.

"그 전서를 받은 우리 수뇌부는 급히 지원조를 편성하고 그곳으로 달려가게 했네. 최악의 경우 놈들과 전면전을 벌일 계획도 세웠지. 하지만 그건 오히려 독이 되어 아들을 죽음으로 내몰게 했네. 우리 내부에 첩자가 있었고 놈은 우리의 움직임과 함께 아들의 위치도 세세히 알려주어 꼬리를 자름과 동시에 아들을 함정에 빠뜨려 가차없이 죽였네."

푸스스—

남궁정한이 움켜쥔 탁자 모서리가 가루가 되어 흘러내렸다. 주체할 수 없을 정도의 분노가 그렇게 터져 나온 것이다.

유한성은 아들을 잃고 너무 슬퍼하는 남궁정한을 보며 차라리 그때 홍화교 첩자 놈들을 모두 베어 버리는 것이 좋을 뻔했다는 생각도 들었다.

놈들은 아직 피라미들이라 고문을 한다고 해도 본거지나 수뇌부를 알 수 없을 것이 분명했다.

그런 경우 대부분 점조직으로 되어 있어 무언가 안다고 해도 바로 윗선만 아는 경우가 많았다.

그럴 바에야 고문을 하는 것보다 한 명을 탈출하게 하고 그들을 추적하기 위해서 잠입한 세가의 청년들에게 넘겨주는 작전을 썼는데 결과적으로 남궁성민이 죽었다.

자신의 책임이 아니지만 몹시 마음이 무거워졌다.

"그 후 나는 내부의 첩자를 찾아내기 위해 온갖 노력을 다 강구했지만 실패했네. 그들은 간교하기 짝이 없는 자들일세. 그러기에 세상을 이렇게 흔들 수 있겠지. 그런 와중에 제갈세가에서, 아니, 제갈세가의 소가주인 제갈신우가 자네를 추천했네. 자네라면 놈들을 찾아내고 제거할 수 있을 거라고 하더군. 처음에는 아직 세상을 모르는 청년의 치기 어린 말로 여겼지만 나중에 허창에서 일어난 일의 자세한 설명을 듣고 나니 믿음이 갔다네. 그래서 자네를 이리로 부른 것이지."

남궁정한은 설명에 유한성은 일의 전말을 파악할 수 있을 것 같았다.

아울러 남궁정한이 혼자서 이리로 온 이유도 알 것 같았다.

"내 아들에 대한 원한도 원한이지만 놈들을 색출해 내지 못한다면 앞으로도 무림맹의 일은 놈들에게 손바닥 읽듯이 읽히며 하나도 제대로 되는 것이 없을 것이네."

남궁정한은 무거운 얼굴빛으로 벽을 응시했다.

"그럼 오룡회의 일은?"

유한성은 그것 역시 궁금했다.

첩자 색출을 위해 자신을 불렀다면서 오룡회에서 활약하라는 말은 어떤 이유인지 궁금했다.

"그건 놈들에 대한 연막일세. 내 지시로 자네가 무림맹에 입성하면 놈들은 자네가 이리로 온 이유를 집중적으로 조사할 것이네. 그에 합당한 이유가 있지 않으면 놈들을 속일 수가 없지. 오룡회에서 필요한 인재라는 정도가 되어야 놈들은 다른 의심을 거둘 걸세. 자네의 사부이신 청해마검도 그 일에 관련이 있으니 더욱 그렇지. 놈들은 이미 자네가 오룡회의 일로 이곳에 왔다는 것도 알고 있을 것일세. 물론 그러라고 은밀히 정보를 흘려놓았지."

남궁정한이 흐릿하게 웃었다.

"놈들의 이목이 자네에게 쏠리는 사이. 정작 오룡회의 일은 제갈신우 그 아이가 할 것이네. 그 아이는 벌써 황궁으로 떠났다네."

남궁정한이 설명을 이었다.

유한성은 자신이 이곳에 온 이유가 비로소 확실히 이해되었다. 그리고 무림맹 입구에서부터 무언가 의구심이 일던 부분도 해결이 되었다.

오룡회 일을 하라는 연막 속에서 자신은 다른 일을 하게 되어 있었다. 그것 때문에 자신을 대하는 사람들이 조금씩 위화감을 준 것이다.

"제갈세가의 생각입니까?"

유한성은 일의 치밀함을 느끼며 자연 제갈세가를 떠올렸다.

"군사 제갈진의 생각이지. 그리고 자네의 능력을 보증한 사람은 그의 딸이고."

남궁정한이 고개를 끄덕이며 시인했다.

'딸?'

유한성은 눈 사이를 좁히며 제갈단영을 떠올렸다.

호수처럼 깊고 맑은 눈을 가졌지만 무공도 모르는 여인이었다. 그런 여인이 어떻게 자신의 능력을 보장한단 말인가?

"그 아인 사람을 한 번 대면하면 그 사람의 내면이 어떤지 알아내는 능력이 있다네. 차후 자네의 일에 필연적으로 도움을 줄 것이기에 특급비밀이지만 가르쳐 주는 바일세."

남궁정한이 조심스런 표정으로 말했다.

"사람의 생각을 읽는단 말입니까?"

유한성은 놀라는 심정이 되어 물었다.

그녀의 눈을 처음 대했을 땐 너무 깊고 맑아 생각마저도 투영될 것 같다는 생각이 들었는데 놀랍게도 그런 능력이 있는 모양이었다.

그래서 제갈진은 그럴 필요까지 없는 상황임에도 불구하고 딸을 데리고 자신을 만난 것이다.

"그런 것과는 조금 다르네. 그렇게 세세하게 사람의 마음을 읽는 존재는 기담집에서나 나오지. 그녀는 단지 사람의 내면에 감응하는 능력이 있다네. 가령, 어떤 사람이 배신할 생각을 내면에 감추고 있다면 그런 느낌은 감응하고 읽어내지. 하지만 무엇을 어떻게, 그리고 언제 배신할 건지 하는 정도는 아니라네. 그건 신이나 가능한 일이겠지."

남궁정한의 설명에 유한성은 되도록 그녀 가까이에는 가지 말아야겠다는 생각을 했다.

"그런 능력이면 첩자를 직접 찾아낼 수도 있지 않습니까?"

유한성이 물었다.

"제갈세가 사람들의 능력은 대대로 하늘도 놀랄 정도였지. 하지만 그들은 너무 잘 알려진 사람들이야. 이곳에서는 더욱 그렇고. 그들이 한 발짝이라도 움직이면 놈들은 몇 발짝이나 거리를 두고 물러날 것일세. 놈들은 잡기 위해서는 그들보다는 아무에게도 알려지지 않은, 또한 그들이 방심할 수 있는 어린 청년인 자네가 적격일세."

남궁정한이 깊은 눈으로 유한성을 쳐다보았다.

내력을 실은 안광이 망막으로 쏟아지며 망막을 태울 듯했지만 유한성은 담담히 그의 시선을 받아냈다.

"상상 이상이군."

남궁정한이 비로소 미소다운 미소를 지었다.

동시에 그의 혈맥을 뛰놀던 기운들이 완전히 안정을 찾았다.

"이곳에서 자네는 정주에서와 마찬가지로 청년단 하나를 맡아 지휘하게. 그건 자네의 드러난 신분일세. 그리고 비밀리에 오룡회의 일을 하는 척하게. 그건 자네의 숨긴 신분이지. 하지만 정작 자네의 진정한 신분은 이곳에 스며든 간자를 잡아내는 감찰특무단 소속 한 명의 조장일세. 감찰 특무단은 맹주 직속기관으로 몇 명의 인원이 있는지, 정체가 누구인지 나도 알지 못한다네. 내가 아는 사람은 자네가 유일하지."

말과 함께 남궁정한은 서찰 하나를 내밀었다.

서찰에는 아무런 글자도 없이 한 개의 인장만 찍혀 있었다.

"그 인장은 하급 인물들은 몰라보아도 단주급 이상 무림맹 수뇌부는 모두 알고 있다네. 그것이면 나와 군사, 집법당주,

내, 외당주, 약왕당주만 빼고는 누구든 그 자리에서 체포할 수 있네. 그러니 잃어버리지도 말고 놈들에게 들키지도 말게."

남궁정한이 말했다.

"아직 전 승낙을 하지 않았습니다. 제가 거절하면 어떻게 됩니까?"

유한성이 남궁정한의 눈을 정시하며 말했다.

"그럼 자네를 잘못 평가한 죄를 물어 제갈단영 그 아이의 종아리에 회초리를 가해야겠지."

남궁정한이 농담을 던졌다. 그는 유한성을 대하며 그만큼 안정되어갔다.

"만약 체포할 대상이 군사나 총관님이면 어떻게 합니까?"

유한성이 다른 것도 물었다.

"하하!"

남궁정한이 소리를 내어 웃었다.

유한성의 말에서 꺾이지 않을 고집과 기상을 느낀 것이다.

"오합지졸이나 다름없던 정호회 타격대를 최강의 부대로 만들어 놓았다더니… 역시 명불허전이군. 만약 그렇다면 도망가게. 그들 중 한 사람이라도 첩자라면 자네가 제일 위험하니 말일세."

남궁정한이 솔직하게 말했다.

"그리고 이건 자네가 맡을 무림맹의 낭검단(狼劍團) 단주

신패일세."

남궁정한은 서찰에 이어 철패 하나를 더 내밀었다.

철패에는 질주하는 늑대 한 마리가 양각으로 그려져 있었다.

"조금 거친 놈들이긴 하지만 자네 앞이라면 자라처럼 목을 움츠릴 것일세. 알고 있을지 모르겠네만 자넨 이곳에서도 꽤 유명하다네. 그리고 정주철협이라는 별호에 실린 공포감도 만만치 않다네. 물론, 청해마검이라는 자네 사부의 별호도 적지 않은 영향력을 발휘하겠지만."

남궁정한이 빙그레 미소를 지었다.

"그럼 난 이만 가겠네. 부디 내 피맺힌 한을 풀어주게. 그래준다면 자네와 자네 가문을 평생 가슴속에 품고 살겠네."

남궁정한은 무거운 약속을 남기고 실내를 벗어났다.

남궁정한이 돌아가고 난 후 유한성은 복잡한 심정에 창밖만 바라보고 있었다.

비밀리에 오룡회의 일원이 되라는 무림맹의 제의 속에는 생각지도 못한 일들이 섞여 있었다.

오룡회의 일은 연막이고 자신이 해야 할 일은 무림맹에 스며든 홍화교 간자들을 색출하는 것이다. 그에 더불어 낭검단이라는 청년단 하나도 맡아야 한다.

일이 엉뚱한 방향으로 흘러가며 머리가 어지러울 정도였다.

과연 무림맹에 스며든 첩자를 자신이 색출할 수 있을까?

정호회 타격대에 스며든 간자와 세가의 청년들을 색출해서 추방하거나 베어버린 일은 크게 어렵지 않았다. 그들은 하나같이 군계일학의 기도를 지니고 있어 당장 구별이 되었다.

하지만 이곳은 고수들이 득실거리는 무림맹의 총단이다. 이곳에서는 고수 아닌 사람을 찾는 것이 오히려 훨씬 쉬웠다.

어떤 놈들인지 모르겠지만 고수들이 득실거리는 이곳으로 스며든 간자라면 절정에 이른 고수들일 것이고 이곳에 있는 수많은 고수 속에 섞여 전혀 표시가 나지 않을 것이다.

제일 쉽게 일이 풀리는 경우라면 자신의 초감각적 눈으로 사람들의 내력을 살피고 그들을 찾아내는 것인데 그건 현실적으로 불가능할 할 것 같았다.

이곳에 상주하는 인원들이 몇인가?

어림잡아도 이만 명은 된다고 했다.

그들을 일일이 찾아다니며 살필 수도 없었고 그럴 수 있다고 하더라도 한두 명이 아닐 것이다.

이상한 무공을 익힌 사도나 흑도의 인원들이 숨어들어 있을 수도 있었고, 아예 정파의 인물이 차후에 매수되어 첩자 노릇을 할 수도 있었다.

그러니 그것보다는 차라리 제갈단영의 능력으로 찾아내는 것이 나을 것 같았다.

하지만 그것이 가능했다면 자신을 이곳으로 부르지도 않

았을 것이다.

그녀 역시 이만 명의 사람을 일일이 대면하는 것도 불가능하고, 그들 중에 배신의 생각을 품은 사람이 어디 한둘일까?

그 과정에서 그녀에게 그런 능력이 있다는 것이 밝혀지면 놈들은 근처에 오지도 않을 것이고 더 나아가 그녀를 제거하려 할 것이다. 무공을 모르는 그녀이기에 그런 위험성은 더욱 크다. 자신이 먼저 그들을 색출하고 의식하지 못하는 사이에 그녀와 대면하게 해야 한다.

"휴우—"

유한성은 긴 한숨을 내쉬었다.

천행으로 그들을 색출하고 쫓아가다 보면 남궁성민을 죽이고, 더 나아가 아버지를 죽인 흉수를 잡을 수 있을까?

유한성은 아버지란 존재에 대한 생각을 다시금 하게 되었다.

총관 남궁정한은 아들의 죽음에 주화입마에 이를 만큼 분노하고 슬픔에 잠겨 있었다. 그리고 용암같이 들끓는 복수심으로 흉수를 잡을 온갖 방법을 강구하고 있다.

자신의 복수심은 그에 비하면 백 분의 일도 되지 않는 것 같았다.

흉수들에 대한 자신의 복수심은 그들이 아버지를 죽인데 대한 것이라기보다는 어머니가 죽도록 사랑하고, 그래서 그 분신을 지키기 위해 자신의 생명을 갉아먹는 일도 마다하지 않은 사람을 어머니에게서 빼앗아간 데에 따른 것이다.

아직도 아버지를 죽인 놈들을 처단해야 한다는 복수심보다는 자신이 지켜야 할 사람들을 지켜주어야 한다는 의무감이 훨씬 강했다.

이래서 내리사랑은 있어도 치사랑은 없다는 말이 생긴 모양이었다.

어쨌든 이곳으로 오며 놈들과는 한 발 더 가까워진 느낌이었다. 또한 그들과 마주할 날도 멀지 않았다는 생각도 들었다.

"휴우—"

다시 한숨을 내쉰 유한성은 복잡한 심사를 떨치고자 숙소의 방문을 열고 밖으로 나갔다.

계획

第八十六章

"당신, 당신! 맞죠? 그때… 정호회 타격대주 맞죠?"

숙소 건물을 나서자마자 숨이 넘어가는 듯한 여인의 목소리가 들려왔다.

유한성은 천천히 고개를 돌렸다. 그리고 눈 사이를 좁혔다.

안면은 있는 것 같은데 얼른 기억이 나지 않았다. 그러다 어느 순간 누구인지 떠올랐다.

남궁성민과 함께 정호회 타격대로 스며들었던 세가의 청년들 중 한 명이었다.

그러나 여전히 이름은 기억이 나지 않고 황보세가인지 사마세가인지 가문만 기억에 가물거렸다.

"맞죠? 당신 맞죠? 아침에도 언뜻 봤는데 설마 했어요. 그런데 정말 이곳에 왔군요."

사마소정이 뛸 듯이 호들갑을 떨었다.

그런 그녀의 모습에 근처에 있던 청년들이 흥미로운 시선을 던졌다.

평소 도도하기 짝이 없던 그녀가 사내를 보고 이렇게 호들갑을 떤 적이 없었다. 아니, 그녀의 이런 모습은 상상조차 불가능했다.

그것이 근처 모든 청년의 관심을 폭발시켰다.

"다시 보는군요."

유한성은 담담히 인사를 했다.

"그래요. 정말 뜻밖이에요. 그런데 이곳에는 어쩐 일이죠? 설마 그때 일로 우리에게 따지러 온 건 아니죠?"

사마소정이 계속 호들갑을 떨었다.

자신에게 처음으로 죽음을 의식하게 한, 절대로 잊을 수 없는 사내를 다시 만난 그녀는 반쯤 넋이 나가 있었다.

"웬 호들갑이야?"

뒤에서 또 다른 여인의 목소리가 들렸다.

무언가를 들고 가던 황보세화였다.

와장창!

유한성을 본 황보세화가 손에 든 물건을 떨어뜨리며 새파랗게 질렸다.

그녀 역시 사마소정처럼 죽음을 의식하던 그때 그 순간이
떠오른 모양이었다.

"다, 당신이 어떻게……?"

겨우 정신을 차린 황보세화도 동그랗게 뜬 눈으로 떠듬거
렸다.

"일이 있어 들렀소."

유한성이 무덤덤하게 답했다.

"언니, 왜 그래?"

"누군데 그래?"

근처에 있던 청년들 몇 명이 주변으로 몰려들었다.

그들은 모두 무림세가의 청년들로 유한성에 대한 사마소
정의 격렬한(?) 반응도 의외였는데 황보세화는 유한성을 보
자마자 아예 손에 든 물건을 떨어뜨릴 정도로 놀라는 모습이
불끈 호승심을 불러일으킨 것이다.

"별일 아니에요. 예전에 알던 공자님인데 하도 뜻밖으로
만나 놀라서 그랬어요."

황보세화가 얼른 떨어뜨린 물건을 주워 들며 말했다.

물건을 주워 드는 그녀의 손이 아직까지 미세하게 떨리고
있었다.

"그렇다면 인사 정도는 못 나눌 것도 없겠군."

옆에 있던 청년 하나가 다가서며 말했다.

"나는 서문장흠(西門將欽)이라고 하오."

청년이 자신을 소개하며 포권을 쥐었다.

그의 눈에는 자신의 성씨에 대한 자부심이 가득 들어 있었다.

그는 서문세가의 장남이었는데 최근 서문세가는 욱일승천의 기세로 가세가 일어 중원 십대세가의 반열에 오르는 것도 시간문제라 했다.

남궁세가나 제갈세가, 하북팽가, 황보세가 등, 기존의 십대세가로 불리는 가문에 비해 한 단계 세력이 떨어졌던 서문세가가 그렇게 비약적인 발전을 할 수 있었던 것은 현 가주 서문석천(西門錫泉) 때문이었다.

서문석천은 오 년 동안 폐관수련을 한 끝에 가문의 독문검법에 대한 성취가 대성에 이르렀다.

그 후 가주가 된 그는 당근과 채찍을 적절히 이용한 공격적인 사업을 펼쳐 이권의 영역을 예전에 비해 네 배로 확장했다.

그것은 그의 가문에 들어오는 수입도 네 배로 늘었다는 뜻이다. 그런 사정으로 서문장흠의 기세 역시 네 배로 올라 있었다.

"유한성이오."

유한성도 짤막하게 자신의 이름을 밝혔다.

"유한성? 어디서 많이 들어봤던 이름 같은데……."

서문장흠이 고개를 갸웃거렸다.

최근 분명히 어디서 들은 이름 같았는데 얼른 생각이 나지 않았다.

기억력의 문제라기보다는 무림맹 총단으로 와서 너무 많은 사람들의 이름을 듣다 보니 뒤섞여서 제대로 인지가 되지 않은 것이다.

사마소정이 나서서 유한성에 대한 별호라도 첨가해 줄까 하다가 입술을 다물었다. 최근 기고만장하며 거들먹거리는 서문장흠의 행동이 아니꼬워서 말도 섞고 싶지 않았던 것이다.

황보세화 역시 같은 심정인지 서문장흠을 철저히 외면하고 유한성만 쳐다보았다.

그녀들의 그런 행동에 서문장흠의 얼굴이 와락 찌푸려졌다.

이름도 알려지지 않은 촌놈에게는 격렬하다 못해 물건을 떨어뜨리는 반응까지 보여주던 두 여인이 자신에게는 싸늘하게 대하는 모습을 보자 부아가 치민 것이다. 거기에 더해 그동안 한 단계 아래쪽에서 쳐다만 보았던 여인들의 가문에 대한 피해의식도 작용했다.

그 복잡 미묘한 감정의 화살이 유한성에게로 향했다.

"몹시 뻣뻣하시구려. 내가 포권을 쥐었으면 형장도 그렇게 하는 것이 마땅하지 않소?"

억지로 꼬투리 하나를 잡아낸 서문장흠이 그것을 물고 늘어졌다.

유한성은 묵묵히 그를 쳐다보다가 포권만 한 번 쥐어준 후 등을 돌렸다.

점점 모여드는 사람들 속에서 구경거리가 되는 것도 싫었고 내력이라고는 쥐꼬리만큼밖에 쌓지 못한 놈과 우습지도 않은 일로 실랑이 벌이기도 싫었다.

"뭐야?"

유한성의 행동에 서문장흠의 눈에서 도끼날이 튀어나왔다.

엎드려 절 받기도 이 정도면 차라리 모욕이었다.

"이 자식이! 거기서!"

서문장흠이 고함을 질렀다. 그러나 유한성은 저만치 멀어지고 있었다.

"도저히 못 참겠다."

서문장흠이 검갑에 손을 댄 채 유한성을 향해 달려가려는 찰나 누군가의 손이 그의 어깨를 잡았다.

"그 검 뽑았다가 뒷일을 감당할 수 있겠어?"

서문장흠을 제지한 사람은 진주언가의 언유인이었다.

"뭐?"

서문장흠이 눈살을 찌푸리며 언유인을 쳐다보았다.

세가 청년들 중 그래도 언유인과는 가장 안면을 오래 터온 사이였다.

"마라검기가 제대로 펼쳐지면 시체조차 수습하기 힘들다 던데."

언유인이 다시 말했다.

"대체 무슨 소리야?"

서문장흠이 고함을 질렀다.

"마라십이검에 대해 못 들어봤나 보군. 청해마검이란 고수 의 검법인데."

"청해마검?"

"마라검기!"

"그렇다면 저 친구가… 그의 제자?"

비로소 이곳저곳에서 신음 같은 소리들이 흘러나왔다.

"정주철협에서 이젠 무정철협이란 별호도 얻었지, 아마?"

언유인이 쐐기를 박자 서문장흠의 얼굴이 하얗게 질렸다.

그의 검에 폭혈마공을 익힌 고수까지 고혼이 되었다는 것 은 이미 알고 있는 사실이었다. 자신이 그런 마인과 맞닥뜨렸 다면 일 초도 펼쳐보지 못하고 고혼이 되었을 것이다.

서문장흠은 이마에 식은땀을 흘리며 유한성을 향해 고개 를 돌렸다. 그러나 유한성은 건물 모퉁이를 돌아갔는지 보이 지 않았다.

서문장흠은 속으로 긴 한숨을 내쉬었다.

하마터면 뭇사람들 앞에서 묵사발이 될 뻔했다.

그는 과묵하지만 한번 손을 쓰면 손속이 더없이 맵고 비정하다고 했다.

검을 뽑아 달려들었다면 어디 한 군데 잘려 나가거나 못해도 몇 군데 부러졌을 것이다.

서문장흠은 등줄기로 식은땀이 흐르는 것을 느끼며 슬그머니 숙소로 향했다.

"그런데 여긴 어쩐 일이지?"

서문장흠을 말린 언유인이 유한성이 사라진 쪽으로 뛰어갔다.

"같이 가요!"

사마소정이 고함을 지르며 언유인의 뒤를 따랐다.

"이것 좀 내 방에 갖다 놔줘!"

황보세화도 들고 있던 짐을 조금 어린 소녀에게 안겨주고는 사마소정을 따랐다.

유한성을 쫓아온 언유인이 반 강제로 유한성을 다과실로 끌고 가서 찻잔을 마주했다.

소식을 들었는지 그때 같이 있었던 하북팽가의 팽진오와 철가장의 철사윤, 무당의 장현도 뛰어 들어왔다. 그러면서 제갈신우는 외부로 출타중이라 참석하지 못했다고 설명했다.

그들은 그가 오룡회의 일로 황궁으로 갔다는 것은 꿈에도 모를 것이다.

"대체 여긴 어쩐 일이시오?"

철사윤이 반짝거리는 눈빛과 함께 물었다.

정검가에서 몇 명이 한꺼번에 달려들어도 상대가 안 되었던 순간은 진한 패배감에 젖어 며칠 동안 속이 다 쓰릴 정도였지만 지나고 보니 약이 되었다. 그리고 이젠 절정고수에 대한 자연스런 호감과 함께 경외심마저 일었다.

"총관님의 지시로 낭검단을 맡기로 했소."

유한성은 자신의 드러난 신분을 밝혔다.

"낭검단?"

황보세화가 눈살을 찌푸렸다.

"알 만해요."

사마소정도 고개를 끄덕였다.

낭검단은 말썽꾸러기들의 집합체라 할 수 있었다. 그런 청년들을 이끄는 데는 유한성이 제격이란 생각이 든 것이다.

"그 때문에 이곳까지 온 것이란 말이오?"

언유인이 의구심어린 표정으로 유한성을 쳐다보았다.

자신이 아는 한 유한성은 무림맹을 탐탁하게 여기지 않았다. 오히려 무림맹이 정호회 타격대를 미끼로 이용하려 한 사실에 진한 반감을 가졌다. 그런 그가 총관의 지시를 순순히 따랐다는 것은 믿어지지가 않았다.

"대신 정호회 타격대는 한 명도 차출되지 않소."

유한성은 짤막하게 이유를 설명했다.

"그렇… 군요."

황보세화가 입술을 깨물며 고개를 끄덕였다.

무림맹 입장에서는 정호회 타격대 전부보다 절정고수인 유한성이 몇 배나 더 탐났을 것이다. 그래서 거절할 수 없는 조건으로 부른 것이란 생각과 함께 또 한 번 무림맹의 속성이 드러난 것 같아 마음이 무거웠다.

"어쨌든 잘 왔소. 난 고수를 사랑하는 사람이니 앞으로 더 깊은 사랑을 키워 나가도록 합시다."

이제껏 침묵을 지키고 있던 무당의 장현이 포권을 쥐며 말했다.

"뭐야? 그게 무당 도사에게 어울리는 말이야?"

팽진오가 눈살을 찌푸렸다.

"인간이 인간을 사랑하는 것보다 더 고귀한 일이 어디 있겠소. 원시천존, 원시천존……."

장현이 도호를 읊었다.

"말 되네."

팽진오가 절레절레 고개를 흔들었다.

여기 있는 사람 모두 달려들어도 말로는 장현을 당하지 못할 것이다. 말로 따진다면 무당에서도 제일 고수가 분명했다.

"총관님을 만났다면 남궁 공자의 소식은……?"

잠시 침묵을 지키던 언유인이 무거운 음성으로 물었다.

"들었소."

유한성이 무겁게 고개를 끄덕였다.

남궁성민의 얘기가 나오자 사마소정의 눈에 습기가 어렸다. 남몰래 그를 마음 깊이 담고 있었던 그녀는 그가 죽었다는 사실을 상기하자 감정을 주체하기 힘들었던 것이다. 그러나 그녀는 입술을 꼭 깨문 채 끝내 눈물을 흘리지 않았다.

"정말 안됐소."

유한성이 위로의 말을 던졌다.

"그렇소. 정말 안타까운 일이오. 그때 우리가 좀 더 강력하게 말렸어야 했는데……."

철사윤이 피를 토하듯 말했다.

"그때… 마지막 한 놈마저 베어 버릴 걸 그랬구려."

유한성이 가라앉은 음성으로 말했다.

"차라리 그랬다면……."

황보세화가 안타까운 표정을 지었다.

그러면서도 그녀는 다른 놈들은 모두 베어 버렸다는 유한성의 담담한 음성에 강한 신뢰감과 함께 동질감을 느꼈다.

"그건 유 공자가 잘못한 것이 아니오. 우리가 능력이 모자라 남궁 공자를 제대로 도와주지 못한 뿐이오."

언유인이 강하게 고개를 흔들며 말을 이었다.

"눈이 녹고 본격적인 전쟁이 터지면 우리들 중 누군가 다시 희생되지 않는다는 보장도 없지요. 그러니 그 일 때문에 너무 상심하지는 맙시다. 그 분노를 원동력으로 삼아 놈들을 제거하는데 최선을 다하는 것이 우리가 할 일이오.”

언유인이 이를 갈며 말했다.

유한성은 묵묵히 그를 쳐다보았다.

그동안 그는 철부지 청년을 넘어서 어른이 된 것 같았다.

“그런데 모두 몇 명이나 숨어들어 있었소?”

팽진오가 물었다.

도망치는 한 놈만 쫓느라 그건 알지 못했다.

“당신들보다 많은 숫자인 아홉 명이나 스며들어 있었소. 계속 그대로 있었다면 그들이 당신들을 제거하려 했을 수도 있었소.”

“그, 그게?”

“대체 무슨 말이오?”

언유인과 철사윤이 목소리를 높이며 물었다.

사마소정과 황보세화도 눈을 동그랗게 뜨고 유한성을 쳐다보았다.

“당신들은 못 느꼈겠지만 그때 놈들은 언제나 당신들을 주시했소. 그리고 무언가 기회를 노리는 것 같았소.”

유한성이 공포스런 사실을 밝혔다.

“어떻게 그런?”

“믿을 수가 없소!”

황보세화와 언유인이 자신도 모르게 고개를 저었다.

그런 사실은 전혀 몰랐다.

하지만 유한성의 말인 이상 믿지 않을 수 없었다.

유한성은 부언하지 않은 채 입을 닫고 침묵을 지켰다.

그것이 오히려 신뢰감이 들게 했다.

그렇다면 놈들은 무림맹이 그런 비밀 지시를 내렸다는 것을 알고 그에 따른 대처를 한 것이 아닌가?

그걸 생각하니 등골이 오싹했다. 그리고 무림맹 내부에 깊은 곳까지 간자가 스며 있음을 확신했다.

잠시 동안 아무도 말을 하지 못한 채 서로의 얼굴만 쳐다보았다.

무림맹 총단의 비밀 지시까지 새어 나간다면 지금 자신들의 일거수일투족도 감시당하고 있는 것이 아닐까 하는 생각이 든 것이다.

"무서운… 일이군요."

팽진오가 무겁게 가라앉은 음성으로 말했다.

"어쩌면 지금도 어디에선가 감시의 눈이 이곳을 주시하고 있는지도 모르겠소."

장현이 창문쪽을 바라보며 말했다.

그의 말에 사마소정과 황보세화가 겁에 질린 얼굴을 하며 목을 움츠렸다.

"그놈들도 잡을 수 있죠, 그렇죠?"

황보세화가 유한성을 향해 물었다.

마음 같아서는 하루 종일 유한성 곁에만 붙어 있고 싶었다.

사마소정도 그런 생각이 들었는지 자꾸만 유한성 쪽으로 몸을 움직였다.

"여기에 있는 사람이 어디 한둘이오. 그 많은 사람 중에 어떻게 찾아낸단 말이오. 그리고 이젠 우리가 맡은 임무도 없으니 놈들이 주시할 이유가 없지 않소."

낙천적인 성격의 장현이 혀를 차며 말했다.

장현의 말에 모두의 표정이 조금 풀렸다.

"부탁이… 하나 있소."

잠시 생각에 잠겼던 유한성이 청년들을 보고 불쑥 말했다.

혜안(慧眼)

第八十七章

숙소에서 하룻밤을 지낸 다음 날, 아침 식사를 마친 유한성은 무림맹 총단의 내당과 외당을 산책하며 빠르게 지형을 익혀 나갔다. 그의 허리에 찬 낭검단 대주 신패는 제법 권능이 있는지 건물들 사이를 누비는 정도는 아무런 제지를 받지 않았다.

무림맹 총단의 외당은 열다섯 개의 전각으로 이루어져 있었다.

주로 전투 대원들의 숙소와 연무장 등으로 이루어진 외당 전각들의 위치는 외부에서 침입한 적들을 효과적으로 차단하고 방어할 수 있는 진식의 원리에 따라 배치되어 있었다.

그리고 수뇌부와 그들에 관련된 사람들이 기거하는 내당은 여섯 개의 전각으로 이루어져 있었는데 그곳은 진식에 따른 것이 아니라 일반적인 장원의 모습과 같았다.

그곳을 돌아보며 지형을 세세히 익히는 데는 반나절이나 걸렸다.

지형을 익히는 것도 목적이었지만 더 큰 관심사는 정도무림의 심장부라 할 수 있는 이곳에 어떤 고수들이 득실거리고 있는지 느껴보고 싶어서였다.

예상대로 고수들은 즐비했다.

하지만 사부만 한 고수는 극히 드물었다.

이곳에 와서야 사부가 얼마나 강한 무인이었는지 절실하게 느껴졌다.

사부는 이곳에서도 다섯 손가락 안에 들 만한 고수였다.

아직 맹주는 만나보지 못했지만 사부는 총관 남궁정한과 겨루어도 한 치 손색이 없었다.

사부의 사문이자 이제 자신의 사문이기도 한 현천검문에 대한 궁금증이 구름처럼 일었다.

언제쯤 그들을 만나볼 수 있을까?

아니, 그들을 만나볼 가능성은 있는 것일까?

사부의 말씀대로라면 그들은 기련산 깊은 계곡에서 세상사와는 초연하게 한 자루 검만 갈고닦으며 살아간다고 했다.

그런 사람들을 만나는 것은 하늘에 흘러가는 구름을 잡는 것만큼이나 힘들 것이다.

하지만 자신이 사부를 만난 것처럼 인연이 닿는다면 언젠가 그들을 만날 수도 있을 것이다.

한숨을 길게 내쉰 유한성은 자신의 처소를 향했다.

처소 앞에 다다른 유한성은 우뚝 걸음을 멈추었다.

처소 문 앞에서 시비 한 명이 기다리고 있었다.

"저희 아가씨께서 공자님을 뵙기를 청합니다."

시비가 허리를 깊이 숙이며 말했다.

"아가씨라니 누구⋯⋯?"

유한성이 궁금한 눈으로 시비를 쳐다보았다.

"단영 아가씨입니다."

시비가 답했다.

"제갈 소저 말이오?"

유한성이 뜻밖이란 표정으로 물었다.

"그러하옵니다."

시비가 다시 허리를 숙였다.

"알겠소."

유한성은 고개를 끄덕인 후 시비를 따라 걸음을 옮겼다.

"잘 주무셨나요?"

군사의 집무실 옆 다과실에서 제갈단영이 밝은 미소와 함께 인사를 건넸다.

"무슨 일이신지……?"

마주 고개를 숙인 유한성이 담담히 물었다.

"차부터 한 잔 하세요."

제갈단영의 말에 시비가 차를 따랐다.

유한성은 묵묵히 차를 마셨다.

"의논할 일이 좀 있어서 실례를 무릅썼어요."

같이 차를 한 모금 마신 제갈단영이 서두를 꺼냈다.

유한성은 묵묵히 그녀의 말을 듣기만 했다.

첫 대면 시 너무 맑은 눈이 생각마저 읽어낼 것 같다는 느낌을 받았다. 그런데 정말 그녀가 사람의 내심에 감응한다는 남궁정한의 말은 이렇게 마주보며 앉아 있는 것조차 부담이 되었다.

"어떻게 첩자를 색출하실 생각인가요?"

제갈단영이 단도직입적으로 물었다.

그 질문은 그녀는 유한성이 비밀리에 해야 할 일을 알고 있다는 뜻이었다.

총관 남궁정한이 첩자를 색출하는데 그녀의 능력을 이용하라고 했으니 그녀도 알고 있는 것은 당연할지 몰랐다.

"아직은 좋은 생각이 떠오르지 않는군요."

유한성은 내심을 감추며 제갈단영을 정시했다. 그녀가 정말로 내심을 읽는지 궁금했기 때문이다.

"호호! 공자님은 거짓말이 너무 안 어울려요."

제갈단영이 손으로 입을 가리며 미소를 지었다.

남궁정한의 말이 사실이라는 생각에 유한성은 슬쩍 눈살을 찌푸렸다.

그녀는 자신의 내심을 읽고 있었다.

"그건 제가 공자님의 내심을 읽어서가 아니라 몇 가지 표정 변화로 추리를 한 것이에요. 공자님같이 철혈의 성정을 지닌 사람의 내심은 제대로 읽을 수 없어요. 단지 만년거암처럼 단단하다는 정도만 느껴요. 그래서 전 너무 편해요. 그러니 공자님께서도 아무 부담 갖지 마세요."

제갈단영은 속마음을 털어놓으며 유한성의 마음을 편하게 해주었다.

그 말은 또한 남궁정한이 유한성에게 제갈단영 자신의 능력을 알려주었다는 것을 알고 있다는 뜻이었다.

"제가 부담을 가지고 있다는 사실까지도 읽고 있는 것 같은데요?"

유한성이 제갈단영의 눈을 정시했다.

"그건 아까와 마찬가지로 추리를 한 것이에요."

제갈단영이 다시 미소를 지었다.

"나로선 그게 그건 것 같소만."

유한성이 약간은 퉁명스럽게 말했다.

"호호호!"

제갈단영이 큰 소리로 활짝 웃었다.

다기를 정리하던 시비가 두 눈을 크게 뜨고 제갈단영을 쳐다보았다.

어릴 때부터 친자매처럼 같이 지내왔지만 저런 모습은 처음이었다.

시비로서는 유일하게 제갈단영의 능력을 알고 있는 그녀였기에 그동안 제갈단영이 낯선 사람들을 만나는데 얼마나 큰 부담감을 느끼는지 잘 알았다. 그래서 그녀는 때때로 제갈단영이 그런 능력을 잃어버렸으면 하고 간절히 바랐다. 그게 안 되면 내면을 읽을 수 없는 사람이라도 만나게 해달라고 기원했다.

저렇게 활짝 웃는 제갈단영의 모습을 보아 처음으로 그런 사람을 만난 것 같았다.

시비는 하던 일도 멈추고 멍하니 두 사람을 쳐다보고 있었다.

"여길 좀 봐 주실래요?"

제갈단영이 유한성을 보며 말한 후 찻잔의 다액 몇 방울을 탁자에 떨어뜨렸다.

이건 또 무슨 뚱딴지같은 짓인가 싶은 유한성은 뚱하니 제갈단영의 하는 양을 지켜보았다.

슥! 슥!

제갈단영이 탁자에 떨어뜨린 물방울을 손끝에 묻혀 글씨

를 썼다.

시비에게도 비밀로 할 내용인 모양이었다.

—외당 당주, 그를 염두에 두세요. 현재 제가 공자님에게 실낱만큼이나 도움을 드릴 수 있는 것은 그것뿐이에요

글씨의 내용은 그것이었다.

놀란 유한성이 몇 번을 읽었지만 내용은 분명 그랬다.

무공을 익혔더라면 비밀을 요하는 말은 전음으로 했을 터인데 그러지 못하니 글자를 쓴 것이다.

'외당 당주?'

유한성은 눈살을 찌푸렸다.

외당 당주라면 맹주의 직속인 감찰특무조장 신분으로도 체포할 수 없는 사람이었다.

총관 남궁정한은 그들 중 한 사람이 흉수라면 무조건 달아나라고 했다.

[총관님도 알고 있습니까?]

유한성이 전음으로 물었다.

제갈단영은 고개를 흔들었다.

[군사님은?]

제갈단영은 여전히 고개를 흔들었다.

그녀의 표정이 별빛조차 없는 밤처럼 어두워졌다.

그 표정으로 보아 그녀가 그동안 얼마나 마음고생이 심했는지 알 것 같았다.

[부친이나 총관님께도 밝히지 않은 사실을 어떻게 나에게 먼저 밝히는 것이오?]

유한성이 다시 물었다.

—제가 가진 본능에 따른 것이라고만 이해해 주세요.

글씨로 대답을 한 제갈단영이 말없이 차만 마셨다.

*　　　*　　　*

아무리 좋은 논에서 충분한 거름을 주고 키운 곡식이라 할지라도 한 홉에 한 알 정도는 쭉정이가 있게 마련이다.

그건 무림세가도 마찬가지다.

오랜 전통의 유서 깊은 가문이라 하더라도 한 명 정도는 쭉정이, 문제아가 있게 마련이었다.

무공면에서 둔재일 수도 있었고, 무공에는 소질이 있는데 적자가 아닌 신분 때문에 반항심을 가슴에 가득 채우고 문제아의 길을 걷는 청년들도 있었다.

무림맹의 청년단 모집 공고가 나붙자 가문 어른들은 그런 청년들의 등을 떠밀다시피 하여 청년단에 가입하게 하였다.

그렇게 함으로써 더 넓은 세상을 경험한 그들이 우물 안 개구리에서 벗어나길 기대하거나 자신보다 훨씬 뛰어난 청년 고수들과 부대끼며 가슴 가득 정진의 열망을 채우기를 바랐다.

그러나 안에서 새는 바가지 밖에서도 샌다는 말과 같이 가문의 기대와는 달리 그들은 무림맹 청년단에 가입해서도 문제아에 반항아 기질을 그대로 드러냈다.

낭검단은 주로 그런 청년들이 모인 곳이었다.

다른 청년 조직에서 융화되지 못하고 겉돌기만 하다가 결국 하나씩 떨어져 나오자 수뇌부에서는 낭검단이라는 조직을 새로 만들고 그들을 그곳에 배치시켰다.

그렇게 조직된 낭검단이다 보니 벌써 몇 달째 제대로 훈련도 하지 않고 빈둥거리고만 있었다.

일각에서는 그들을 밥만 축내는 밥벌레로 취급하며 가문으로 돌려보내야 한다는 의견도 있었다. 하지만 그들 가문의 체면을 고려해 아직 그대로 두고 있는 실정이었다.

그런 차에 정주에서 정호회 타격대를 지휘하던 유한성이 대주로 왔다는 소식이 퍼지자 낭검단은 서서히 술렁거리기 시작했다.

"젠장! 정주에서나 굴러먹던 촌놈이 이곳에서 무얼 하겠다고 온다는 거야. 나이도 약관 정도밖에 안 된다던데."

청년 하나가 인상을 쓰며 중얼거렸다.

나른한 그의 얼굴에는 아무것도 하기 싫다는 게으름이 가득했다.

"그러나 그 어린 촌놈이 청해마검의 제자니 문제지."

누군가 다른 청년이 말을 받았다.

그 말과 함께 주변으로 긴장된 기운이 번져 나갔다.

청해성에서 저승사자로 알려졌던 청해마검이라는 별호와 그의 제자라는 신분은 그만큼 파괴력이 있었다.

"하다 안 되니 늙은이들이 악종 하나를 불러 올린 모양인데 그런다고 새파란 애송이에게 겁먹을 우리가 아니지."

깡마른 얼굴의 청년이 콧김을 내뿜으며 목소리를 높였다.

날카로운 눈빛과 함께 전신에 흐르는 기운은 절대로 만만치 않은 성정을 고스란히 드러냈다.

"호랑이도 제 말하면 온다더니……."

뒤쪽에서 낮은 목소리가 들렸다.

그 목소리에 모든 시선이 뒤쪽으로 향했다.

그들의 시선이 향하는 곳에 한 청년이 걸어오고 있었다.

무복 가슴에 새겨진 문양과 허리에 찬 패찰에서 그가 낭검단주임은 누가 보아도 알 수 있었다.

흑의 무복차림에 등에 검 한 자루를 맨 유한성이었다.

훤칠하게 큰 키와 바위처럼 강한 어깨에서 무거운 압력이 뿜어져 나오자 몇몇 청년은 자신도 모르게 자리에서 일어섰다. 그러나 먼저 고개를 숙인다든지 인사를 한다든지 하는 행동은 보이지 않고 탐색전을 벌이듯 쳐다보기만 했다.

그 외 다른 청년들은 그 자리에 그대로 앉아 유한성을 애써 무시하는 태도를 지었다.

유한성이 점점 다가오자 장내에는 바늘 떨어지는 소리라

도 들릴 만큼 정적이 감돌았다.

어느 순간 유한성이 낭검단 단원들 속으로 들어왔다.

단원들은 유한성의 입에서 어떤 소리가 나올지 온 시선을 집중하며 침을 꿀꺽 삼켰다.

대체로 이런 경운 기선을 제압하기 위해 무언가 명령을 내릴 수도 있었고, 트집을 잡아 몇 명을 다그칠 수도 있었다.

그러나 모두의 예상과 달리 유한성은 낭검단 단원들에게 한 점의 시선도 주지 않고 자신의 집무실을 향해 걸어갔다. 그리고는 문을 열고 안으로 사라졌다.

"휴!"

"휴우—"

곳곳에서 억눌린 한숨들이 터져 나왔다.

"뭐야?"

아랫배에 잔뜩 힘을 주고 있던 청년 하나가 눈살을 찌푸렸다.

잔뜩 긴장하며 무언가 터질 줄 알았는데 너무 허무했다. 그리고 그것이 은근히 부아를 치밀게 했다.

"청해마검이라더니 별거 아니잖아."

다른 청년 하나도 거들었다.

"청해마검이라도 배에 칼 들어가면 죽지 별수있겠어."

이곳저곳에서 긴장이 풀린 목소리들이 흘러나왔다.

그 순간!

파앗—

한줄기 섬광과 함께 대주 집무실의 문이 박살 나며 터져 나왔다. 그리고 그 파편과 함께 몇 마리의 뱀이 비룡처럼 날아왔다. 뒤이어 날아오던 뱀들이 허공에서 수백 조각의 파편으로 변하며 대원들에게로 쏟아졌다.

"어헉!"

뱀의 파편 아래쪽에 있던 청년들이 비명을 지르며 옆으로 몸을 날렸다.

투두둑!

문 조각과 뱀 조각들이 바닥으로 떨어져 내렸다.

영문을 모른 사람들은 모두 둥그런 눈으로 단주 집무실을 쳐다보았다.

그러고는 서서히 사태를 파악하게 되었다.

조각나서 떨어진 뱀들은 누군가 단주의 집무실 방문 위에 교묘히 올려놓은 것이었다.

문을 열자마자 뱀 무리가 머리 위로 떨어져 내리게 해놓은 것인데 무언가 잘못되어 문을 닫고 한참 만에 떨어진 것이다. 그리고 그것들은 일검에 수백 조각이 되어 도로 단원들 머리 위로 날아왔다.

방문과 함께 뱀 몇 마리를 산산조각 내어 밖으로 날려 버린 유한성은 천천히 밖으로 걸어 나왔다.

앉아 있던 청년들이 모조리 일어섰다.

방문 안에서 번쩍거린 섬광은 단 한줄기였다. 그런데 방문과 뱀은 수백 조각이 되어 바닥에 뒹굴고 있었다.

가공할 검초였고 믿을 수 없는 광경이었다.

만약 그 검초에 자신들의 육신이 휘감겼다면 저 뱀과 같은 꼴이 되었을 것이라고 생각하니 등골이 오싹했다.

밖으로 나온 유한성은 천천히 낭검단 단원들 사이로 걸어갔다.

"당신!"

유한성이 검첨으로 한 사내를 가리켰다.

사내가 움찔 상체를 굳히며 유한성을 쳐다보았다.

"문을 고쳐 놓아야겠지?"

유한성이 차가운 눈빛과 함께 사내에게 지시를 내렸다.

"네? 아, 네!"

순간적으로 하얗게 질린 사내가 엉겁결에 답했다.

그런 그의 얼굴에 경악의 빛이 흘러넘치고 있었다.

뱀은 그의 작품이었다.

아니, 갖다놓기는 동료들이 했지만 그런 생각을 하고, 뱀을 구해 지시를 한 사람은 그였다.

봄도 아닌 겨울에 뱀을 구하느라 제법 돈이 들었지만 성공하면 단번에 기선을 잡을 수 있었다.

문설주 위에서 떨어지는 뱀에 놀라 뛰쳐나오거나 허둥대는 모습이라도 보인다면 놈의 체면은 땅에 떨어질 것이고 자신들은 박장대소를 하며 의기양양해 할 것이다.

그런데 유한성이 정확히 자신을 지적하자 기절초풍할 듯 놀라 불식간에 고개를 끄덕인 것이다.

같이 동참했던 그의 동료들도 얼굴이 흑색이 된 채 눈치만 살피고 있었다.

장난을 친 사내에게 책임 한 가지를 지운 유한성은 이내 등을 돌린 후 왔던 곳으로 걸어갔다.

여기서의 목적은 끝난 모양이었다.

"훈련은 스스로 자격이 되었을 때 시작하겠소. 그때가 되면 당신이 찾아오시오."

잠시 걸음을 멈춘 유한성은 다시 한 사람을 지적했다.

그 역시 움찔 상체를 굳히며 안광을 빛냈다.

그는 이곳에서 가장 고수였다.

아직까지 한 번도 실력을 드러내지 않고 숨기고 있어 다른 사람은 몰랐지만 스스로는 그것을 자신하고 있었다. 그런데 그것이 유한성 앞에 단번에 드러난 것이다.

"내가 왜……?"

잠시 긴장했던 사내가 빠르게 평정을 되찾으며 대꾸했다.

"싫으면 당신이 대신하시오."

유한성이 다른 한 사람을 가리켰다.

그의 얼굴에서도 먼저 지적받은 청년과 흡사한 반응이 나타났다.

그 역시 이곳에서 먼저 지적받은 단 한 사람만 빼면 누구라
도 자신있다고 생각하던 차였다. 그것을 유한성이 정확히 지
적하자 두 사람은 서로를 쳐다보며 도저히 믿어지지 않는다
는 표정을 지었다.

미리 알고 왔다고 생각할 수도 있겠지만 그들 스스로 드러
내지 않았으므로 그건 불가능했다.

"솔직한 심정으로는 당신들 둘 중, 아무도 찾아오는 일이
없었으면 하오."

한마디 더 던진 유한성은 왔던 길을 향해 사라졌다.

유한성이 사라진 후 단원들 대부분은 뭐가 어떻게 돌아가
는지 모르고 어안만 벙벙한 상태였다.

그들은 실력이 모자라 이곳에서 누가 제일 고수인지는 물
론, 자신이 어느 정도인지도 가늠하지 못하는 청년들이었다.

그러나 지적을 받은 두 명의 청년을 비롯한 열 명 정도는
유한성이 왜 그들을 지적했는지 이유를 알고 있었다.

서로를 쳐다본 그들의 얼굴이 서서히 굳어져갔다.

"젠장! 내가 한 줄 어떻게 알았지? 내부에 첩자가 있는 거
아냐?"

방문을 고쳐야 할 청년이 고함을 질렀다.

그가 장난을 친 줄 모르고 있던 청년들이 그때서야 놀란 표
정을 지으며 청년을 쳐다보았다.

"네 심장 뛰는 소리라 이곳까지 들렸다."

누군가 묵직한 목소리로 대꾸했다.

"무슨 소리야!"

문을 고쳐야 할 청년이 더 크게 고함을 질렀다.

"그래도 그걸 알아채는 건 쉬운 일이 아닌데… 역시 명불허전이야."

묵직한 목소리의 주인공이 고개를 절레절레 흔들며 자리를 떴다. 더 이상 이런 유치한 곳에는 있기 싫다는 모습이었다.

"아침부터 술이 생각나는군."

다른 청년 하나도 벌떡 일어서며 자리를 떴다.

모두들 그렇게 자리를 비우자 지적을 받은 두 명과 그들의 실력을 가늠하고 있던 열 몇 정도의 청년만 깊이 가라앉은 눈빛과 함께 그 자리에 서 있었다.

역주적

第八十八章

"대체 무슨 일을 꾸미고 있는 것이오?"

팽진오가 유한성을 쳐다보며 물었다.

그와 함께 정호회 타격대에 스며들었던 청년들의 눈에서도 짙은 궁금증이 흘러나왔다.

그들은 벌써 다섯 번째 무림맹 내당의 전각 한쪽 밀실에서 회동하고 있었다.

모양새는 은밀한 회동이었지만 그 내용은 그냥 와서 차나 한 잔 마시고 가는 수준이었다.

그것은 무림맹에서 처음 만난 날 유한성이 한 부탁 때문이었다.

그날 유한성은 청년들에게 며칠에 한 번씩 이런 식으로 회동의 모양새를 하며 은밀히 만나줄 것을 부탁했다.

모두들 의구심 가득한 표정을 지었지만 허튼소리를 하지 않는 유한성의 부탁이기에 이렇게 모인 것이다.

처음에는 서로 얼굴 보며 차를 마시는 것도 괜찮았는데 이유도 모른 채 그 일이 반복되자 의구심만 증폭된 채 슬슬 지겨워지기도 했다.

"나중에 알려드리겠소. 그러니 몇 번만 더 참아 주시오. 아니, 어쩌면 오늘이 마지막이 될 수도 있을 것 같소."

유한성은 안광을 빛내며 말했다.

"오늘이 마지막이라… 조금 귀찮아 지려다가 막상 그만둔다니까 또 아쉬운 생각이 드는군요."

무당의 장현이 입맛을 다시며 다른 사람들의 표정을 살폈다.

다른 사람들도 같은 심정인지 의외의 표정을 하며 유한성에게 시선을 집중했다.

"그럼 더 이상 이런 모임은 필요 없는 것인가요?"

황보세화가 아쉬움을 숨길 수 없는 표정과 함께 말했다.

다른 사람들처럼 의구심이 많이 일었지만 세가의 청년들과 자리를 같이하는 것도 좋았고 유한성을 가까이서 지켜보는 것도 가슴 설레는 일이었다.

"그래도 될 것 같소. 그동안 정말 고마웠소."

유한성이 묵묵히 고개를 끄덕였다.

"무슨 일인지 정말 궁금하군요."

사마소정도 깊은 눈으로 유한성을 쳐다보며 말했다.

단 한순간도 흐트러지지 않는 만년거암 같은 기도는 언제나 마음을 든든하게 해주었다. 또한 그가 하는 일이 결코 사소한 것이 아니라는 기대감에 그 궁금증이 더욱 컸다.

"그건 차후에 설명해 주겠소. 그보다… 외당 당주는 어떤 사람이오?"

사마소정의 궁금증을 풀어주지 않은 채 유한성은 도로 질문을 던졌다.

"외당 당주? 그건 왜 물으시오?"

팽진오가 의구심 어린 얼굴로 물었다.

"낭검단의 훈련 관계로 외당 당주에게 양해를 구할 일이 있어서 성향을 미리 알아놓을까 싶어서이오."

유한성이 미리 준비한 대로 말을 둘러댔다.

"그 골통들을 훈련시키겠다니… 역시 대단하시오. 하하!"

언유인이 엄지손가락을 쳐든 후 외당 당주에 대해서 상세히 설명을 해주었다.

현 무림맹의 외당 당주는 백리세가의 가주 백리찬(百里燦)이 맡고 있었다.

별호는 혈뇌신도(血雷神刀)로 도법의 절정고수였다.

여기에 모인 사람 중 아직 아무도 그 위력을 견식한 적은 없지만 혈뇌도란 그의 칼은 세 치 두께의 강철문도 반으로 자른다고 했다.

그러나 그것보다 더 중요한 것은 그가 현 군사 제갈진과는 젊은 시절부터 호형호제하며 지낸, 제갈진의 의형이라는 사실이었다.

'의형?'

유한성은 비로소 제갈단영의 행동과 심정이 이해가 갔다.

그녀는 사람의 내면에 감응하는 자신의 능력으로 외당 당주의 내면에서 무언가 강한 배신의 기운을 읽었을 것이다.

하지만 그는 부친의 의형이었다. 고로 자신에게는 의백이 되었다.

그런 그에게서 배신자라는 느낌을 받았다는 사실을 누구에게 말할 수 있을까?

무슨 증거를 잡은 것도 아니고 단지 자신의 느낌이 그렇다는 사실은 스스로도 차라리 착각으로 치부하는 것이 나을 것이다.

그동안 그녀가 얼마나 마음고생이 심했을지 그 심정이 다시금 이해가 되었다.

그 엄청난 사실에 그녀는 아무에게도, 심지어 부친에게도 말하지 못하고 있다가 자신에게 털어놓았다.

부친에게도 말하지 못한 사실을 어떻게 자신을 믿고 털어놓았는지 모르겠지만 자신에게 모든 사실을 말했으니 그녀의 마음은 조금은 가벼워졌을 것이다.

대신 유한성의 마음은 바위처럼 무거워졌다.

외당 당주라면 외당의 보초 및 순찰, 무림맹의 출입에 관한 모든 권한을 가지고 있는 사람이다.

또한 그는 무림맹 일반 무인들의 조직에서부터 훈련을 비롯한 생살여탈권을 쥐고 있다.

그런 힘을 가진 사람이 첩자라면 보통 심각한 일이 아니다.

총관 남궁정한의 말대로 그냥 도망치는 것이 나을 수도 있다.

하지만 도망을 치기 위해 이곳에 온 것은 아니다.

유한성은 짧은 한숨을 삼켰다.

"이젠 목적을 달성했으니 그만 돌아가도 좋소. 처음과 마찬가지로 한 명씩 최대한 비밀스럽게 움직여 주시오."

유한성이 세가의 청년들을 보고 축객령을 내렸다.

"막상 이렇게 헤어지려니 섭섭하구려. 이별주라도 한잔해야 하는 것이 아니오?"

무당의 장현이 입맛을 다시며 말했다.

그는 무당 도사임에도 불구하고 술을 과하게 좋아했다.

"거 참! 도사가 그렇게 술을 좋아해서 언제 득도할 것이오?"

철사윤이 혀를 차며 핀잔을 주었다.

"도라는 것이 어디 심산유곡에만 있답디까. 술 속에도 심오하기 짝이 없는 도가 있는 법이오."

장현이 대꾸했다.

"졌소!"

장현의 반박에 철사윤이 두 손을 위로 치켜들었다.

"이러다 밤 새우겠소. 어서 가 봅시다."

언유인이 재촉과 함께 먼저 방문을 나섰다. 뒤를 따라 다른 사람들도 하나씩 소리 없이 사라졌다.

모두 사라지고 난 후에도 한참 동안 유한성은 조용히 그 자리에 앉아 있었다.

'족제비같이 약은 놈이군.'

한참 동안 자리에 앉아 있던 유한성은 고개를 절레절레 흔들며 자리에서 일어섰다.

방문을 나선 유한성은 천천히 걸음을 옮겨 무림맹의 수뇌부들이 있는 내당 중앙의 건물 쪽으로 걸음을 옮겼다. 그리고는 한순간의 망설임도 없이 건물 안으로 들어갔다.

건물 안으로 들어온 유한성은 그 자리에 서서 정수리에 온 신경을 집중했다.

저 멀리 소나무 뒤에서 한 인영의 모습이 느껴졌다.

고도의 은신술을 익힌 자였다. 또한 조심성도 과할 정도여서 일정 거리 이상은 절대로 접근하지 않았다. 그 거리라면 절정고수라 하더라도 감지가 불가능했다. 유한성이 지닌 정수리의 눈으로도 겨우 감지가 가능할 정도였다.

닷새 전, 그러니까 세가의 청년들과 세 번째 회동을 하던 순간부터 회동 장소를 주시하던 자였다. 그 후부터 그자는 회동할 때마다 계속해서 그곳을 살폈다. 아니, 정확히 말하면 무림세가의 청년들과 은밀히 회동을 하는 자신을 주시하고 있는 것이다.

유한성은 사마소정, 황보세화 등 세가의 청년들과 재회한 첫 날, 차를 마시던 순간 하나의 계획이 떠올랐고 반신반의하는 심정으로 그 계획을 실행에 옮겼다.

놈들은 자신이 오룡회의 일을 할 것이라는 사실을 알고 있었다. 총관 남궁정한이 은밀히 정보를 흘리기까지 했으니 당연한 일이리라. 그런 와중에 자신이 무림 십대가문에 드는 세가의 청년들과 규칙적인 회동을 갖는다면 무언가 반응을 보이리라 생각했다.

세가의 청년들은 언젠가 그들 가문의 가주나 가주에 버금가는 힘을 가질 사람들이었다. 그런 청년들이 자신과 함께 몇 번이나 모임을 갖는다는 것은 충분히 경계심을 가질 만한 일이다.

그리고 그 예상은 적중했다.

세 번째 회동부터 놈은 모습을 드러냈다.

하지만 놈은 너무 신중해서 거리를 주지 않아 얼굴의 식별은 물론 역추적도 어려웠다. 그런 정도였기에 회동을 했던 세가의 청년들은 낌새조차 느끼지 못하고 왜 이런 회동을 하는지 궁금해 하기만 했다.

'외당 당주가 보낸 놈일까?'

유한성은 외당 당주를 주시해 보라는 제갈단영의 말을 떠올렸다.

외당 당주이자 군사 제갈진의 의형인 백리찬!

그가 홍화교의 첩자란 말인가?

정말 그렇다면 너무 어마어마한 사실이다.

그래서 선뜻 받아들이기 힘들었다.

제갈단영 역시 그런 심정에 아무에게도, 심지어는 자신의 부친에게도 함부로 말을 하지 못한 것이리라.

만에 하나 그녀의 느낌이 잘못되었다면 그를 의심한 데 따른 역풍은 너무 거셀 것이다.

부친은 의절을 당할 것이고 제갈세가의 명성은 큰 오점을 남길 것이다.

그게 제갈단영의 고뇌였으리라.

그러나 백리찬이 정말 홍화교의 첩자라면 차후에 무림맹은 송두리째 흔들릴 수 있었다.

비로소 홍화교의 거대한 그림자가 느껴졌다.

아직은 실체를 꼭꼭 숨기고 있지만 그들이 한꺼번에 튀어나온다면 강호는 해일에 휩싸인 것과 마찬가지일 것이다.

그날이 언제일지, 어떤 모습으로 다가올지는 자신 혼자서 걱정할 일도 아니고 걱정한다고 달라지는 것도 없다.

지금은 족제비처럼 약아빠진 저놈을 추적하는 것이 우선이었다.

'난 네놈을 볼 수 있지만 네놈은 날 볼 수 없지.'

건물 안쪽에 몸을 숨긴 유한성은 차가운 미소를 지었다.

비록 두터운 건물 벽으로 인해 놈의 형상이 흐릿하게 느껴졌지만 그 움직임을 살피는 데는 아무런 문제가 없었다.

한동안 건물 안에서 기다리자 놈도 지쳤는지 서서히 움직이기 시작했다.

잠시 후 소나무 뒤에 있던 놈이 천천히 걸어 나왔다.

옆에서 누가 지켜본다 하여도 그냥 바람을 쐬러 나온 뒤 잠시 소나무 그늘에서 쉬다가 다시 산책을 하는 것으로밖에 보이지 않을 정도로 자연스럽고 유유자적했다.

놈의 모습을 살피던 유한성이 어느 순간 소리 없이 입술을 달싹거렸다.

*　　　*　　　*

와장창—

아침 일찍 열 자루도 넘는 장창을 안고 가던 여인이 그 무게를 이기지 못했는지 마침내 바닥에 그것들을 쏟았다.

"아악!"

떨어지던 장창 한 자루가 발등이라도 때렸는지 여인이 외마디 비명을 질렀다.

"이런! 괜찮으시오, 소저!"

근처를 지나가던 청년 하나가 급히 달려왔다.

"모르겠어요. 발등에 감각이 없어요."

여인이 고통을 참느라 이를 악물며 답했다.

"어디 봅시다. 뼈가 상하지 않았는지 모르겠소."

청년이 급히 여인의 발등 혈 몇 군데를 지압하며 상태를 살폈다.

"다행히 뼈는 안 다친 것 같소. 하지만 며칠은 냉수 찜질을 하며 조리를 해야 할 것 같소."

청년이 상체를 일으키며 말했다.

큰 키에 날카로운 눈매는 고수임을 짐작케 해 주었다.

"고마워요, 공자님. 전 이혜진(李慧眞)이라고 해요. 외당 진홍대(眞紅隊) 소속이에요."

여인이 자신을 소개하며 방긋 웃었다.

화사한 듯하면서도 청순미가 넘치는 밝은 웃음이었다.

청년은 잠시 넋을 놓은 듯하다가 얼른 냉정을 되찾았다.

"나는 내당 소속 정이윤(鄭里閏)이라 하오. 그리고 이왕 고마운 거, 조금 더 고마워도 되겠지요?"

청년이 농을 던졌다.

"그러세요. 호호!"

여인이 입을 가리고 웃었다.

여인의 웃음에 화답하며 마주 웃은 청년은 바닥에 뒹구는 장창들을 모두 집어 자신의 팔로 안았다.

"어디로 가면 되오?"

청년이 물었다.

"제가 있는 외당 진홍대로 가면 되요."

여인이 미소와 함께 답했다.

"알겠소. 안내해 주시오."

"고마워요, 공자님."

여인이 절뚝거리며 앞장을 섰다.

"놈의 몸에 은밀히 추종향을 뿌려놓았어요. 우무상 은영각 주님이 특별히 만든 것이니 앞으로 한 달 동안은 사라지지 않을 거예요."

이혜진으로 신분을 속인 사진혜가 눈을 찡긋하며 말했다.

"수고했다. 그런데 언제까지 그런 얼굴로 있어야 하느냐."

유한성이 역용을 한 사진혜를 보며 말했다.

"왜요? 마음에 안 드세요?"

사진혜가 생글거리며 유한성을 쳐다보았다.

그녀의 역용한 모습은 어딘지 모르게 도발적이었다.

"예전이 더 나아."

유한성이 무뚝뚝하게 답했다.

"오빠는 지금이 더 낫다고 하던데요."

사진혜가 사진용을 들먹이며 말했다.

"동생 팔아먹을 놈이군."

유한성이 혀를 찼다.

"푸흡!"

사진혜가 실소를 터뜨렸다.

"어쨌든 이곳에 있는 동안에는 이렇게 살아야죠. 혹시 아까 그놈이 찾으러 왔다가 없으면 의심할지도 모르니까."

사진혜가 고개를 흔들며 말했다.

"진용이는 잘하고 있는지 모르겠군."

유한성은 사진용이 있는 쪽을 바라보며 말했다.

"내가 사전작업을 다 해놓았는데 오빠가 할 일이 뭐 있어요. 추종향 따라 천천히 가보면 되죠."

사진혜가 아무 걱정 말라는 듯 손을 흔들었다.

사진혜을 말을 증명이라도 하듯 사진용이 은신술을 펼치며 두 사람이 있는 곳으로 다가왔다.

그림자처럼 다가오는 모습이 예전보다 무공이 는 것 같았다.

"예상대로 놈은 외당 당주 처소로 들어갔습니다. 한참을 다른 곳으로 빙빙 돌아서 갔지만 최종 목적지는 그곳이었습니다."

사진용이 그림자 속에서 모습을 드러낸 후 말했다.

그 역시 동생 사진혜처럼 역용을 하여 다른 사람처럼 보였다.

"수고했다."

유한성이 고개를 끄덕였다.

예상대로 놈은 외당 당주의 끄나풀이었다.

그렇다면 제갈단영의 생각대로 외당 당주가 홍화교의 첩자일 가능성이 높다.

유한성은 가슴이 답답해지는 것을 느꼈다.

그가 첩자라는 것은 일이 최악으로 흘러가고 있다는 말이기도 했다.

맹주 직속의 감찰특무조장 신분으로 체포가 불가능한 인물이니 마음대로 접근도 할 수 없을 뿐더러 무림맹의 군사인 제갈진의 의형이다.

만약 그의 정체가 백일하에 드러나지 않는 이상 제갈진은 자신의 체면을 생각해서라도 그 일을 덮고 적당한 선에서 협상을 하려 하거나 역공을 하여 도로 뒤집어씌울 수도 있다.

기라성 같은 거물들의 세계에서는 그런 일이 비일비재하다.

그 모든 장벽을 어떻게 무너뜨리고 그의 정체를 밝힐 수 있을까?

유일한 원군은 총관 남궁정한인데 그 역시 대를 위해 소를 희생하는 식의 협상에 응할 수도 있었다.

대무림맹의 외당 당주가 첩자라는 사실이 밝혀지면 무림맹의 위신과 사기는 땅에 떨어지고 한동안 극심한 혼란과 분열에 휩싸일 것이다. 그런 사태를 무마하기 위해 그 사실들을 덮어 버리려고 할 수 있다. 그러면 그 사실을 캐낸 사람이 오히려 제거될 공산이 크다.

범인이 그들 중 한 사람이면 무조건 도망치라는 남궁정한의 말이 다시금 떠올랐다.

남궁정한은 그들 중에는 절대로 첩자가 없을 것이라는 생각에 그런 말을 했겠지만 그게 가장 현명한 행동일 것 같다는 생각이 들었다.

"이젠 어쩔 생각입니까?"

사진용이 잿빛처럼 어두운 표정으로 물었다.

그 역시 오를 수 없는 절벽 앞에 놓인 심정이었다.

"그냥 돌아가요, 오라버니. 외당 당주가 첩자라면 이곳은 싹수가 없는 곳이에요."

사진혜도 입술을 깨물며 말했다.

"아무리 어렵다 해도 청해마검보다야 덜 하겠지."

한참 후 유한성이 혼잣소리처럼 중얼거렸다.

"무슨 소리예요, 오라버니?"

사진혜가 눈을 동그랗게 떴다.

"음풍장에서 사 년 반 동안의 수련 중, 마지막 한 달은 사부 청해마검과 맞서서 매일 죽기 아니면 살기로 비무를 하는 기간이었지. 그리고 살아남았지."

유한성이 차가운 안광을 빛냈다.

"아무리 지독한 상대라도 그보다는 덜하겠지."

유한성의 입꼬리가 슬쩍 말려 올라갔다.

『무정철협』 8권에 계속…

이제부터 전자책은

이젠북

www.ezenbook.co.kr

새로운 세계가 열린다!

서현 『조동길』   남운 『개방학사』   백연 『생사결』
목정균 『비뢰도』   좌백 『천마군림』   수담옥 『자객전서』
용대운 『천마부』   설봉 『도검무안』   임준욱 『붉은 해일』
진산 『하분, 용의 나라』   천중화 『그레이트 원』

이름만 들어도 황홀할 정도의 별들의 향연!

이들의 "유료연재"가 시작됩니다!

검색창에 **이젠북** 을 쳐보세요! ▼ Q

ALCHEMIST

알케미스트

FUSION FANTASTIC STORY 시이람 장편 소설

2013년, 또 하나의 현대물이 깨어난다.
현대에서 펼쳐지는 연금마법진의 진수!

인간 최초의 9서클을 이룩한 마법사 아스란.
죽음의 위기에서 그가 남긴 유지가
차원을 넘어 지구에 떨어진다.

일리미트 비블리어시카(Illimite bibliotheca)!

그 무한한 힘과 지식을 얻게 된 김창준.
3년 전으로 돌아간 날을 기점으로,
삶이, 인생이, 그의 희망이 바뀐다!

**현대에 강림한 진정한 마법사의 전설!
끝도 없이 세상을 향해 날개를 펼치다!**

Book Publishing CHUNGEORAM

유행이 아닌 자유추구 -
WWW.chungeoram.com

생존록

홍준성 퓨전 판타지 소설

FUSION FANTASTIC STORY

대한민국 평범한 청년 정우성,
어느날 합숙을 가러 집을 나섰는데,

휘이이잉-

"이, 이게 무슨……?"

눈앞에 펼쳐진 설원,
설원을 지나니 이번엔 밀림이?

보랏빛 행성이 하늘에 떠 있고 나무가 살아 움직인다.

"살아남아 반드시 지구로 돌아가리라!"

베인의 이계 생존록,
살아남기 위한 그의 처절한 노력이 시작된다.

Book Publishing CHUNGEORAM

유행이 아닌 자유추구
www.chungeoram.com

十萬對敵劍

Fantastic Oriental Heroes

십만대적검

오채지
新무협 판타지 소설

개파 이래 한 번도 고수를 배출한 적 없는
오지의 산중문파 제종산문.

무려 십칠 대에 이르러서야 마침내 괴물 같은 녀석이 나타났다!
하지만 그는 세상사에 초연하기만 하고,
속 터진 사부는 천일유수행(千日流水行)을 핑계 삼아
제자를 산문 밖으로 내쫓는데……

『십만대적검』!

바깥세상이 궁금하지 않았던 청년 장개산의
박력 넘치는 강호주유기!

Book Publishing CHUNGEORAM

유행이 아닌 자유추구
WWW.chungeoram.com

김중완 장편 소설
FUSION FANTASTIC STORY
서린의 검
Seorin's Sword
2013년 봄과 함께 찾아온 청어람 추천작!
『로드 오브 마스터』, 『신검신화전』의 김중완.
그가 돌아왔다!
번개와 함께 찾아온 검.
그 검과 찾아든 기연은 운명을 개척한다!
그 어떤 누구도 그가 가는 길을 막을 수 없다!
절대 강자 서린의 호쾌한 독보를 기대하라!
"내 앞을 막지 마라! 이것이 나의 검이다!"
우리는 그를 가리켜 검의 주인, 마스터라 부른다!
『서린의 검』
Book Publishing CHUNGEORAM
www.chungeoram.com